コロナの世界を照らす50のやさしい物語

片野 優
須貝典子

宝島社

・各エピソードの日本通貨の換算は、当時のレートで計算してあります
・ＳＮＳの部分や引用文は、基本的に原文のママ掲載しています
・イラストはイメージです

目次

はじめに

「明後日から休館となります。後日、改めてお電話ください！」

二〇二〇年三月初旬、ウィーン国立歌劇場の担当者とようやく連絡がついたものの、電話口の相手はパニクっていた。〝音楽の都ウィーン〟の心臓である歌劇場が、シーズン真っ最中に休館とは晴天の霹靂、まさに緊急事態なのだと実感させられた。

同年一月、中国・湖北省武漢市で新型コロナウイルスの感染が拡大しているという報道を受け、私たちが暮らすセルビアではいち早く中国系ショップが閉店を余儀なくされた。欧米では中国人だけでなく、他のアジア人まで差別や攻撃の対象とされる事件が惹起し、多少の緊張を強いられた。

ヨーロッパでイタリアが最初にロックダウン（都市封鎖）に踏み切ると、緑色の防護服を着た医師や看護師たちが、集中治療室で患者の治療にあたる映像が世界を駆け巡った。目に見えないウイルスとの戦いを興奮気味に伝えるキャスターの声は動揺し、さながら全人類の危機を訴えるＳＦ映画を観ているかのようだった。

「イタリアは大変なんだね」と、はじめは〝対岸の火事〟と思っていたところ、春から秋にかけて、イタリアを含むヨーロッパ七カ国の観光地を取材して回る仕事の予定はすべてキャンセルとなった。美術館や博物館、レストランやカフェも閉鎖されたうえ、各国の国境も互いに固く閉ざされ、旅行もままならないご時世に突入してしまったからだ。

やがて私達が暮らすセルビアでも緊急事態宣言が発動され、二カ月もの間、スーパー・食料品店と薬局以外はすべて閉店となり、不要不急の外出は禁止となった。入店に際してはマスク着用が義務づけられ、入場制限のため店の前には長蛇の列ができた。

その後、状況は一段と厳しくなり、金曜日の午後六時から月曜の早朝五時まで外出禁止令が施行された。時には外出先から車を飛ばして、午後六時をめざして家に駆けこむこともあった。時間外に屋外にいるところをパトロール中の警官に見つかると、尋問された上、罰金までとられるからだ。

そんな不自由な暮らしにうんざりした頃、心を癒してくれたのがコロナ禍を笑い飛ばすようなSNSだった。たとえば、ロックダウン中にティラノサウルスの着ぐるみ姿で「ゴミ出し」に出かけた男性が、警官から注意を受けた動画はクスリと笑えて、心がほっこりした。同時にゴミ出しさえ自由にできないスペインの規制の厳しさに比べたら、こちらはまだ緩やかだと慰められたりもした。

これに対し、オーストラリアではロックダウン中におしゃれに着飾って、ゴミ出しを楽しむ姿を収めた写真がインスタグラムをにぎわせた。

ある時、ステイホームで運動不足となり、メタボが進行するのも仕方ないか……と諦めていると、フランスの男性がアパートのバルコニーでフルマラソンしたというニュースが飛びこんできた。

さらに、イギリスでは一〇〇歳の元大尉が、自宅の庭を一〇〇周して募った五四億円もの大金をＮＨＳ（国民保険サービス）に寄付し国民的英雄となったが、この行動にベルギーの一〇三歳の元開業医が続いたことを知った。

こんな方々からは、いかに困難な状況下にあっても、決意あるところに挑戦があり、勝利があることを学んだ。

他方、経済に目を向ければ、大企業から中小企業、個人経営の店までが生き残りをかけて、智慧と勇気で活路を切り開こうとしている。そんな中には、逆にコロナを利用して起死回生の一手に打って出たところもある。

このところロックダウンやソーシャルディスタンスの影響もあって、新しい出会いが減ってしまった。そのため恋人づくりを諦めている人も多いというが、ニューヨーク在住の男性は、とある方法で意中の女性にコンタクトを取り、見事、彼女のハートを射止めた。同様に、シェイクスピアの悲劇『ロミオとジュリエット』の舞台として知られるイタリアのヴェローナ市では、ベランダ越しの愛をハッピーエンドに導いたふたりを世界の人々が祝福した。

ここでは、勇気、情熱、行動力があれば、どんなに希望のもてない状況でも恋のチャンスをものにできることを教わった。

二〇二一年三月、とうとう私は新型コロナウイルスに感染してしまった。三九℃の高熱が続き、咳・倦怠感・筋肉痛に悩まされた。その上、なんとも言えない気分の悪さが普通の風邪やインフルエンザとは違うところで、約一カ月間自宅のアパートの一室に隔離され、療養の身となった。

少し症状が安定してからは、ベッドの上で改めてコロナ禍にバズったほっこりするニュース・SNS・動画を見て過ごした。また、そんな情報を友人に転送し、笑いや感動を共有することが孤独な隔離生活中の喜びであり、生きる希望となった。

幸い、重症には至らなかったものの、ウイルスに感染したショックは大きく、常に「死」と隣り合わせの不安がつきまとった。この時、少し大袈裟かも知れないが、コロナから無事に生還できたらSNS等で励ましをもらった方々に恩返しさせていただきたいと考えた。また、やはりパンデミック下で厳しい生活を続けていらっしゃる日本の方々にも元気が出る物語の数々をシェアできたらと思い、本書を上梓するに至った。

本書は、フェイスブック、ツイッター、インスタグラム、ティックトック等のSNSに馴染みのない方にも簡単に読んでいただけるよう、日本を含む二五カ国から五〇のエピソードを厳選し、「病院編」「家族編」「恋愛編」「仲間編」「旅行編」「仕事編」「寄付編」「商品編」「飲食店編」「ステイホーム編」「政策編」の十一のテーマに分類した。

東京オリンピック開催中の現在、ワクチン接種は進んでいるものの、ウイルスは依然猛威を振るっている。変異ウイルス〝デルタ株〟も勢力を増し、まったく油断できない状況にある。そんな時期だからこそ、勇敢に、また愉快にコロナウイルスに立ち向かった人々の物語を読んで世界とつながり、束の間でも和んでいただけたら幸いだ。

二〇二一年八月

片野　優
須貝典子

コロナの世界を照らす50のやさしい物語

「今日、100歳になる第二次世界大戦の退役軍人のロイド・フォーク氏は、ヘンライコ・ドクターズ病院に58日間滞在した後、コロナウイルスを打ち負かしました。フォーク氏は、最初に新型コロナに感染した患者のひとりとして3月24日に入院しました。数週間前に74歳の妻をウイルスで失ったにもかかわらず、フォーク氏は強さを保ち続け、困難に立ち向かい、新型コロナウイルスとの闘いを生き延びました。……」

「ヘンライコ・パーハム・リトリート・ドクターズ・病院」のフェイスブック（2020年7月9日）

一〇〇歳の退役軍人が新型コロナウイルスに勝利

このフェイスブックに先立つ五月二六日、米ABC放送で病院から退院したフォークさんのニュース（「コロナウイルスをやっつけた第二次大戦の退役軍人の奮《ふる》い立つようなストーリー」）が報道され、一〇〇歳でコロナに打ち勝った偉業を全米が祝福した。

ベッドに寝たままリハビリセンターに搬送されるフォークさんは、「あなたがたにはとても助けられました。本当に感謝しています」と、しっかりした声でお礼を述べた。

米バージニア州で暮らすフォークさんは、第二次世界大戦中、歴史的なノルマンディー上陸作戦に参戦した経験をもつ。連合軍がフランス北西部のノルマンディー半島に二〇〇万の兵士を投入し、ナチスドイツからヨーロッパを解放する転機となった歴史的な戦いだ。だから、フォークさんには世界を悪から救った英雄としての自負と誇りがある。

しかし、筋金入りの元軍人とはいえ、一〇〇歳でコロナウイルスに感染したら容易に回復は望めない。主治医によれば、慢性の咳、倦怠感、食欲不振でかなり厳しい状況にあったという。事実、フォークさんの娘さんの話では、何度も父は死にかけたとインタビューで答えている。

残念ながら長年苦楽を共にした彼の妻は、フォークさんが退院する数週間前にやはりコロナに感染したことで亡くなってしまった。せめてもの救いは、ふたりは最後の時を小さな病室でいっしょに過ごせたことだった。

退院の日、フォークさんを見送るため、病院の廊下の両側に医療関係者が並んで待っていた。代表して院長が、ベッドに横たわる彼の頭に「WWII VETERAN」(第二次世界大戦の退役軍人)と金文字で刺繍された黒い帽子をかぶせた。

そして奥さんの死を悼《いた》んだ後、「フォークスさんに敬礼します。あなたの勇気と回復力は、我われ医療関係者全員を激励してくれました」と語った。

その後、ヘンライコ・ドクターズ病院のフェイスブックに寄せられたメッセージには、次のようなものがあった。

「妻を失った後も戦い続ける勇敢な男。彼女なしで生きていくのはどんなに勇気がいることでしょう。彼に神のご加護を」

「なんと精神が高揚する話だろう。あなたがたも私も、現在抱えている非常に些細な不都合について不平を言うのはやめるべきです。この人を見てください。彼はいくつかの地獄を経験しましたが、彼の勇気、信念、信仰でやり遂げました。引き続き神のご加護がありますように」

「JR山手線の田端駅は、当院の最寄り駅。多くの病院関係者も利用している駅です。そこに駅員の方々からの応援の寄せ書きが……」

今村顕史さんのツイッター（2020年2月2日）

JR田端駅にかかる感謝のホワイトボード

　JR田端駅の北口改札そばのホワイトボードにメッセージが書かれたのは、二〇二〇年の大晦日の夜、終電を見送った後のことだった。この日、都内ではじめて一〇〇〇人を超える新型コロナウイルスの感染者が出たと報道された。

　近くにある都立駒込病院、東京女子医科大学東医療センターなどの医療機関では、ウイルス感染者を受け入れ、医療関係者は自らも感染する危険なリスクにさらされながら不眠不休で働いていた。そんな人たちを励ましたいと、岡本寿駅長が中心となって、ホワイトボードに感謝の思いをしたためた。

「昼夜を問わず、日々献身的に奮闘されているみなさま。本当にありがとうございます。そして感謝しております。

　みなさまのことはニュース等で拝見しており、そのお姿にただただ『感謝』と『ありがとう』という気持ちを抱くばかりです。

そんなみなさまに私たちができることは何だろう？と考えてみましたが、このボードで気持ちをお伝えすることしか思いつきませんでした……ありきたりですが、感謝しています。本当に本当にありがとうございます。そしてがんばってください

二〇二一年一月　田端駅一同」

短いメッセージの中には「感謝」という言葉が三回、「ありがとう」という言葉も三回使われている。年末年始を返上し、治療のために最前線で奮闘する医療従事者への温かな感謝の気持ちにあふれていた。

このホワイトボードを見た看護師は、「涙が出てきた」「ひとりで頑張っているんじゃないという気持ちになり、ありがたいなと思った」という。

そんな駒込病院の医療関係者から、後日、ホワイトボードのメッセージのお礼として、一八〇枚のメッセージカードを貼りつけたボードが田端駅に届いた。

一枚一枚のメッセージには、どれも感謝の思いが綴られている。そのうちのいくつかを紹介するとこんなふうだ。

「あたたかい応援メッセージありがとうございます。明るい未来を信じてがんばりま

す」

「みなさまの応援と感謝のお言葉で頑張る気力がわいてきます！　ありがとうございます！　みんなで協力して感染を防いでいきましょう!!」

「田端駅の駅員の方々へ！

雨の日も風の日も雪の日も、祝日もお正月もコロナでもいつでもどんな時でも電車を動かしてくださりありがとうございます。これからも身体に気をつけ頑張ってください」

メッセージを受け取った岡本駅長は、「医療関係者に対して、お伝えできるのは〝ありがとう〟という感謝の言葉しかありません。その思いから始めたメッセージに対して、駒込病院からもメッセージをいただけたことに社員一同感激しています」とお礼の言葉を返した。

他人への感謝の気持ちが、自分への感謝となって返ってくる。この感謝の相互作用、また感謝の輪の拡大に、コロナに打ち勝つ秘策があるかもしれない。

なお、このエピソードは、東京新聞（二〇二一年一月三一日）等でも報道された。

Photoshot／アフロ
バンクシーのインスタグラム（2020年5月6日）

〝覆面アーティスト〟が病院に寄贈した絵が二五億円で落札

時に〝芸術テロリスト〟、〝覆面アーティスト〟と呼ばれるバンクシーは、二〇〇〇年代はじめから世界各地の路地裏の壁や橋梁などにグラフィティ（落書き）を描き残してきた。

〝芸術テロリスト〟と呼ばれるゆえんは、ロンドンの大英博物館やニューヨークのメトロポリタン美術館などに無断で自分の作品を展示したことによる。

また、覆面アーティストという呼称は、本人の身元が謎に包まれているからだ。制作中の姿を見られないように絵を描きあげる。また、有名になってからも人前には現れず、マイクロソフト、ナイキ、ソニーといった優良企業や、世界的歌手のデヴィッド・ボウイからの仕事のオファーも断わった。さまざまな憶測や噂はあっても、いまだ本人を特定できずにいる。

そんな神出鬼没のバンクシーが、新型コロナウイルス患者のために献身的に働く国民保健サービス（ＮＨＳ）が運営するイギリス南部のサウサンプトン総合病院に新作を届けた。

オーバーオールのジーンズとＴシャツ姿の四、五歳ほどのあどけない少年が、ＮＨＳの女性看護師の人形を頭上にかざして遊ぶ姿が描かれている。マスクの上にパッチリ開いた目は、黒人女性のようにも見える。右手を前方に伸ばし、マントを風にヒラヒラなびかせた人形は、スーパーマンが空を飛ぶようなポーズをとっている。また、白衣の胸の赤十字のマークだけが、モノクロの絵の中で唯一赤い色でペイントされている。

これとは対照的に、少年の傍らのゴミ箱にも見えるバスケットの中には、これまで少年がヒーローとしてあがめてきたバットマンとスパイダーマンの人形が無残な姿で投げ入れられている。

絵には「皆さんのご尽力に感謝します。モノクロ作品ですが、これで少しでも場が明るくなればと願っています」という異例のメッセージが添えられていた。

同大学病院のＣＥＯはＢＢＣのインタビューで、医療関係者が同僚や友人たちの悲劇的な死を目《ま》のあたりにし、辛い思いをしてきたことを明かした。そんな人たちが多忙な日々の中で立ち止まって考え、この作品に感謝するでしょう。また、この絵が医療関係者や患者の士気を盛り上げるでしょうと述べている。

　このバンクシーのニュースが流れると、ネット上で都合のいいときだけ医療従事者を英雄として崇め、用が済んだらゴミ箱の中のバットマンやスパイダーマンのように使い捨てする社会への風刺もこめられているのではないかという書きこみも目立った。

　後日、この絵はオークションにかけられた。「ゲームチェンジャー」と名づけられた絵は、これまでのバンクシーの作品の二倍近い一六七〇万ポンド（約二五億円）で落札された。コロナ禍に奮闘する医療関係者を激励したいとの思いから、予想最高落札額の四倍を超える高値がついた。なお、このお金はサウサンプトン大学病院をはじめ、全国の医療機関や慈善団体に寄付されるのだという。

アメリカ

「ヒューストンの母がコロナを打ち負かし、元気な三つ子を出産」

ABC13テレビのフェイスブック（2020年7月4日）

コロナに感染した女性が無事に三つ子を出産

アメリカ・テキサス州に住むマギー・シレロさんは三つ子を身ごもっていることがわかった。妊娠二八週目に地元の産婦人科病院に入院し、安全を期してすべての妊婦に実施される新型コロナウイルス検査をしたところ、陽性と判明した。

マギーさんは新型コロナウイルスが大流行したと発表された三月以降、細心の注意を払い、大事をとって外出も控えていただけに驚きは隠せなかった。しかも無症状ながら夫も陽性。だが、いっしょに暮らしていた彼女の母親と五歳の息子は幸い感染していなかった。

入院中、マギーさんは家族にも会えずに隔離され、大きな不安を抱えながらコロナの治療に立ち向かった。病院では毎月五回もコロナの検査を受け、お腹の赤ちゃんは毎日モニターされた。そんな中、看護師のひとりがマギーさんの中学校時代の同級生であることを知って少し安心した。

三二週目の六月四日、ついに検査で陰性となり、ウイルスが消滅した。しかし、喜びも束の間。その日の超音波検査でひとりの赤ちゃんのヘソの緒が首に巻きついていることがわかり、急遽、帝王切開で出産することになった。

無事に出産を終え、健康なひとりの女の子とふたりの男の子が誕生した。女の子のイザベラは三・一一ポンド（約一四一一グラム）、ナサニエルは三・七ポンド（約一六七八グラム）、アドリエルは二・一ポンド（約九五三グラム）と全員未熟児だった。

それから三人はＮＩＣＵ（新生児治療室）でスクスクと育ち、たった一カ月で二倍にまで成長した。

コロナを乗り越えて元気な三つ子を出産したニュースは、ＣＮＮをはじめ『FOX 23NEWS』、『abc13 EYE WITNESS NEWS』などで、全米はじめ世界各国に配信され、人々の心に暖かな灯をともしてくれた。

アメリカ

「現在、面会は禁止ですが、良い方法を見つけることができて入居者のお孫さんが、婚約の報告をしにいらしています!!　カーリー・ボイドさん、この特別な瞬間に立ち会わせてくれてありがとう!!」

プレミエル・リビング&レハブ・センターのフェイスブック（2020年3月16日）

面会禁止の老人ホームの祖父に婚約を報告したい！

ボーイフレンドからプロポーズされた看護師志望のカーリーさんは、真っ先に大好きなおじいさんに知らせたかった。八七歳になるカーリーさんの祖父は、米ノースカロライナ州の老人ホームに入居していたが、お年寄りは感染すると重症化しやすいということで、いっさい面会は禁止されていた。しかし、どうしても会って直接報告したいと、カーリーさんはセンターを訪ねた。

彼女の思いを察した施設の職員は、センターに入ることはできないが、どうにか会えないものかと思案した。職員はカーリーさんに「ちょっと窓のところへ行ってみませんか」とやさしく声をかけ、建物の周囲に沿って歩き出した。幸い、おじいさんの部屋は一階の角部屋だった。カーリーさんがガラス窓をコンコンと叩くと、おじいさんが窓ごしに顔をのぞかせた。甘党のおじいさんはアイスクリームを食べているところだった。

ぶ厚いガラスに遮られ、声をかけるがお互い言葉はよく聞こえない。カーリーさんが左手の薬指に光るリングを示すと、おじいさんはようやく婚約したことを理解した。「式はいつだい？」と何度も訊ねるおじいさん。カーリーさんが窓ガラスに手の平を押しつけると、おじいさんもガラス越しに手の平を重ねた。カーリーさんは目にいっぱい涙をためて、感極まった表情で立ち尽くしていた。

この様子をじっと見守ったセンターのスタッフは感動を抑えきれなかったと、『トゥデイ』（米ＮＢＳ放送の朝のニュース番組）のインタビューで答えている。

カーリーさんとおじいさんの心温まるストーリーが全米に波紋を広げ、他の孤立する高齢者にも喜びを運んでいる。

アメリカ

「ジョナサン・コエーリョ基金初年度の募集（開始）まで10日となりました。私たちは、素晴らしい夫を顕彰すること、我が家のような家族への援助をはじめられることに大変興奮しています。どうぞ、私のフェイスブックやインスタグラムのストーリーで、イベントについての情報をチェックし、自由にシェアしてください。驚くほど人間らしいジョナサンを思い出す方法として、このイベントと基金を育てていきたいと思っています」

「ブレイディンのための旅」フェイスブック（2021年5月26日）

夫が病院から家族に宛てた携帯の遺書

コネチカット州の公務員だったジョナサン・コエーリョさん（三二歳）は、新型コロナウイルスに感染し、二〇二〇年四月二二日に亡くなるまでダンベリー市の病院で二七日間の闘病生活を送った。

コエーリョ夫妻は、脳性麻痺などの障害をもって生まれた息子のブレイディン君への感染リスクを怖れ、手洗い、ソーシャルディスタンスに気づかうなど、適切な予防措置をとっていた中での感染だったという。

入院後、人工呼吸器を使って、一時容体は安定したようだった。だが、ウイルスは肺から腎臓へ侵入し、腎不全に陥った。人工透析すると、わずかながら症状は改善したものの、まだ腎臓は止まったままだった。

四月一八日、妻のケイティさんはフェイスブックに「私はジョナサンが家に帰ってくると信じています。私たちのストーリーは終わっていません。でも、このところのジェットコースターのような生活に疲れています」とメッセージを綴っている。

それから数日間、徐々に快方に向かい、希望がもてるまでに回復した。事実、医師は肺からウイルスが消え、山は越えたと言っていた。ところが容体は一変し、ジョナサンさんは心停止で突然この世を去った。

悲しみに沈むケイティさんのもとに夫の遺品が届けられた。その中には挿管される二、三時間前までメッセージをやりとりしていた携帯電話があった。携帯のメモには、家族に宛てた遺書が残されていた。

障害があって特別な扶養が必要な二歳の息子には、「ブレイディンは僕の最高の友だちで、彼の父親であることを誇りに思っている。そして彼がしたことや、これからやり続けること、すべてが驚きだと伝えてくれ」とあった。

また、生後一〇カ月の娘のペネロペちゃんには、「彼女は王女さまで、人生において望むものはなんでも手に入るということを知らせてほしい」と書かれてあった。

そして最愛の妻ケイティさんには、次のように記されていた。

「僕が君の夫、ブレイディンとペニー（娘ペネロペの愛称）の父親になれたことはとってもラッキーだった。君、ケイティは僕が今まで出会った中で、一番美しく思いやりのある養育者だ……君は本当に唯一無二の人……僕が恋に落ちたのと同じ情熱をもって、これからの人生を幸福に生きてほしい。子どもたちの最高のお母さんである君を見ていることが、僕が経験した最大のことだった」

また、「もし君が誰かに出会ったとしても躊躇しないでくれ。もしその人が、僕のように君と子どもたちを愛してくれるなら、僕は君のためにそうしてほしいと心から願っている」、そして、最後は「君を愛している、感謝している」という言葉で締めくくられていた。

のちにケイティさんと子どもたちのために、見知らぬ人から八〇万ドル（約九〇〇〇万円）以上の寄付金が贈られた。

また現在、ケイティさんは息子のブレイディン君のような「医学的に複雑な病」を抱える子どもたちを救済するジョナサン・コエーリョ基金を設立し、支援活動を行っている。

アメリカ

「コロナで妻との間をひき裂かれた男性が、ナーシングホームの外で67年の結婚記念日を祝う」

NBC ニューヨークのフェイスブック（2020年3月16日）

「六七回目の結婚記念日おめでとう！」窓越しのメッセージ

アメリカ、コネチカット州に住むボブ・シェラードさんの最愛の妻ナンシーさんは、ナーシングホームに入居している。ナンシーさんは、アルツハイマー病と認知症の両方を併発したことでホームで暮らすことになったが、ボブさんは愛《いと》しい妻に会いたい一心で毎日施設を訪問していた。

二〇二〇年の三月一四日、その日は六七回目の結婚記念日だったが、コロナの感染予防が徹底されたことで、面会は禁止となっていた。毎年この日はふたりでいっしょに過ごしてきたのに、それが叶わないことになった。結婚記念日を離れて暮らすのは、はじめてのことだった。

やむにやまれぬボブさんは、病院の建物の前に立ち、妻がいる部屋の窓に向かって、「私はあなたを六七年間愛してきた。今も愛している。祝・結婚記念日」と赤い大きなハートマーク入りのメッセージを綴った大きなボードを胸の前で掲げた。遠くからでも目立つように、手には一〇個の色とりどりの風船をたばねた糸を握りしめていた。
しばらくすると二階の部屋の窓ガラス越しに、ボブさんのメッセージを受け取った
ナンシーさんが両手をふり投げキスで応える姿が見えた。
この模様はＮＢＣコネチカット・ニューヨークなど、全米のニュースで伝えられた。

家族編

「ちょっといいニュースです。娘ココが昨日がんの最後の化学療法を終えました。私たちの友人たちが、ソーシャルディスタンスをとって、娘のために自宅へ迎えるパレードのサプライズをしてくれたのです」

母エイプリル・ダンズさんのツイート（2020年5月25日）

退院祝いの〝おかえりパレード〟

ツイートしたのは、母親のエイプリル・ダンズさん。ココさんことコートニーさん（一五歳）は両親と弟との四人家族で、アメリカのカリフォルニア州で暮らしている。

ココさんは中学校の卒業式の翌日、病院で検査したところ左の大腿骨の下部に腫瘍が見つかった。その後、高校一年生になったココさんは二度手術を受け、化学療法も一〇数回受けた。その間、学校にはほとんど行けず、病院で過ごす日々が続いた。化学療法は身体に負担が大きいので大人でもつらいが、忍耐強く笑顔でがんばりぬいた。

二〇二〇年三月二四日、最後の治療を終え、ロサンゼルス小児病院（ＣＨＬＡ）の病室から自宅へ戻る日がやって来た。ＣＨＬＡでは、治療を終えて退院する子どもを病院関係者をはじめ家族や友人が囲んで盛大にお祝いする慣習がある。だが、新型コロナウィルス感染症の発生を抑えるため、院内では面会者はひとりに制限されていたため、みんなでいっしょに集《つど》うことはできなかった。

そんな中、ふたりの女性看護師がディズニー映画『アナと雪の女王』の挿入歌『雪だるまつくろう』の替え歌で、ココさんを病室から送り出してくれた。

病院から車で自宅へ向う途中、いよいよ懐かしい我が家へと続く一本道に入ったときのことだ。沿道に停めてある車から人々が顔を出してあいさつする姿が飛びこんできた。

ココさんはびっくりし、やがて目に涙があふれ出た。「おめでとうココ!」と書いた横断幕や、カラフルな風船で飾られた車が沿道を埋め尽くし、ココさんに手をふる人、拍手する人、投げキスする人が次々と現れた。ココさんは沿道の人々の声援に応え、笑顔で手を振る凱旋パレードになっていた。

実は、このサプライズは母親のダンスさんが、友人のシングラさんにパーティーができないことを嘆いたことで実現したものだった。母親の娘を思う心中を察したシングラさんは、接触せず密にならない方法でお祝いするアイデアを思いついた。集まって来るのは数人程度と思っていたところ、次々にツイートが拡散され、思いも寄らずたくさんの人々が出迎えてくれることになった。

このときダンズさんが携帯電話で撮影した映像が配信されると、国境を越えて感動の輪が広がり、世界中からココさんは祝福されることになった。

「彼女の名前はトーリ。彼女はキュートでやさしい。僕は彼女と知り合えてとってもハッピーだ」

『自宅隔離のかわいこちゃん』（パート2）
ジェレミー・コーエンさんのインスタグラムおよびティックトック（2020年3月25日）

隔離期間中のデートの方法

恋愛マッチングアプリ「ペアフル」（株式会社37℃）が、日本全国の未婚の男女一〇〇〇人を対象にデートに関する実態調査を実施（二〇二〇年一二月二二～二四日）。その結果、ふたりにひとり（五〇・九パーセント）が在宅時間の増加に伴い「寂しいと感じる時間が増えた」。また、恋人のいない人の半数以上（五二・四パーセント）が、「恋人が欲しい」と思っていると答えた。

くわえて約三分の一（三一・〇パーセント）が、「新しい出会いがなくなった」と回答。しかも約半数（四八・六パーセント）は、「コロナ禍での恋人づくりは諦めている」という悲観的な状況だった。

しかし、ここに紹介するラブストーリーは、いかに希望を見出しにくい環境下にあっても、少しの勇気と機転があればチャンスはどこにでもあるということを教えてくれる。

〈パート1〉

ティックトック（ＴｉｋＴｏｋ）で驚異的な再生回数（約三七三〇万回・約六三〇万のいいね／六一週）を誇る動画『自宅隔離のかわいこちゃん』パート1は、三〇秒ほどのものだ。場所はニューヨークのロングアイランドの西端に位置するブルックリン区のとあるアパートのベランダ。通りをひとつ挟んだ向かいのアパートの屋上で、カーリーヘアの若い女性が元気に踊っているところからスタートする。

動画をあげたのはフリーカメラマンのジェレミー・コーエンさん。踊っているのはコワーキングスペースの運営を手伝っているトーリ・シグナレラさんだ。

ジェレミーさんのベランダから、トーリさんが踊る後ろ姿が見えた。最初は、ティックトックのダンスビデオでも作っているのかと思った。だが実際は、トーリさんは前方の建物に人が見えたので、映画『ハイスクール・ミュージカル』のフィナーレを飾る曲『みんなスター！』を踊って見せていたのだった。

のちに米『タイム』誌の取材で、トーリさんは人を笑わせるのも、自分を笑わせるのも好きだと答えている。また、新たな人との出会いにはワクワクし、誰かが手を振ってくれたら、無視せず手を振り返すことにしているそうだ。

動画の次のシーンでは、トーリさんが屋上の端に腰かけて上を眺めている。ジェレミーさんが手を振ると、それに気づいたトーリさんがとびきりの笑顔で手を振り返している。

するとジェレミーさんはすばやく自分の電話番号を紙切れに書いて、テープでドローンに貼り付けた。ドローンは大空にふわりと浮かび上がると、通りを横切って彼女のもとに舞い降りた。

ドローンが頭上で静止してゆっくり降りてくるのを見たトーリさんは、「嘘でしょ、こんなことあるの？」と、一瞬、現実に起こっていることとは信じられなかった。どこか神聖な気持ちになったという。

動画は「ハーイ、屋根の上の少女からよ！」というドローンの返事が届いたところで終わっている。

〈パート2〉

隔離規制が敷かれるなか、ジェレミーさんがトーリさんにデートを申しこむメッセージをスマホで送るところからはじまる。

「ハーイ、デートしたいんだけど。僕といっしょにディナーはいかが？」

「ハーイ!!　いいわ。でも、どこで、どうやって？　私たちは隔離中よ」

初デートの朝、ジェレミーさんは勢いよくベッドから起きると、バスルームで髭を剃り、歯をたんねんに磨いた後、仕上げに腕立て伏せをして気合を入れる。そして鏡の前でポーズをとりながら服をとっかえひっかえした後、ようやくコーディネートを終えた。

テラスには白布をかけた小さな丸いテーブルの上に、一皿の料理と赤ワインのボトルがのっている。すると眼下のアパートの屋上に、ちょっとおめかししたトーリさんが姿を現した。

実は三〇分前に、ルームメイトが同じ料理とワインボトルを受け取り、白いテーブルクロスのテーブルを用意してくれていた。ジェレミーさんはトーリさんに内緒で彼女のルームメイトを探しあて、事前に準備していたのだ。
あたりをはばからず大声で「君はきれいだね!!」と声をかけるジェレミーさん。それからワインをグラスに注いでカンパイ！　こうしてふたりはスマホで会話をしながら、オンラインデートを楽しんだのだった。

〈パート3〉

ついにロックダウンが解除され外出できるようになったので、ふたりは実際に会ってデートすることにした。とはいえウイルスに感染しないよう十分注意しなければならない。デートにもソーシャル・ディスタンスは必要なのだ。
そのときジェレミーさんが思いついたのが、巨大なビニール製のウォーターボールだった。空気入れでしぼんだビニールを膨らませると、みるみるうちに丸い透明のボールができあがった。もともとは水上を歩くための遊具だが、これをコロナ禍の初デートに利用した。これでコロナの感染リスク対策は万全。腕には、トーリさんにプレゼントする花束を抱えている。

ウォーターボールの内側に入りこんだジェレミーさんは、片足ずつ踏み出す度にボールを前に進めるやり方で、彼女のアパートまでやって来た。そんな奇抜な姿で現れた彼をひと目見るなり、トーリさんは腹をかかえて大笑い。ウォーターボールの中のジェレミーさんは、すぐに花束を渡すことができずにいた。しかも丈夫なビニールの壁ごしではお互いの声が聞きとりづらく、あまり会話はできなかったようだ。それでも初デートは笑いが絶えなかったという。

ウォーターボールの中の男性と女性が連れ立って散歩する姿に、好奇の目と温かなまなざしの両方が注がれた。そこへ一台のパトカーが通りがかり、ふたりは呼び止められた。コロナ禍で外出時間が制限される状況下で、パトロール中の警官に職務尋問され、罰金を払うケースは後を絶たない。一瞬、緊張が走る。だが、警官が発した言葉は「……昨日の4チャンネル見たよ」だった。

ふたりのエピソードを報じたテレビ番組を見ていたパトロール隊は、ふたりといっしょに笑顔で記念写真に納まったのだった。

〈パート6〉

二〇二一年一一月二日にシェアされたパート6は、最初にトーリさんに花束をプレゼントするシーンからはじまる。

「今回は本当にもらえたわ」と笑いながらトーリさんが花束を受け取る。ウォーターボールの中から花束をもらうのにひと苦労した思い出があるからだ。

その後、ジェレミーさんが車を運転してヘリポートへと向かう。ここからヘリコプターに乗りこむと、ふたりは夜のニューヨーク・シティを見下ろすアドベンチャー・ロマンの旅に出る。眼下には、イルミネーションに彩られたエンパイア・ステート・ビル、フリーダム・タワー、自由の女神が見える。

ロックダウンの最中、飲食店やブティック、映画館などの娯楽施設等も閉まり、街は静まりかえっていた。そんな人の出会いやふれあいが遮断される中、ふたりはニューヨーク市民に幸せな気分を運んでくれた。

現在、ジェレミーさんのラブストーリーを見守ってきたフォロワーは四〇万人を超え、今後のふたりの愛の行方が配信されるのを心待ちにしている。

イタリア

「ミケーレ・ダルパオスとパラオ・アグネリはロックダウン中にバルコニーで出会い恋に落ちた……」

First News のフェイスブック（2020 年5月 19 日）

ロミオとジュリエットの街で育んだバルコニー越しの愛

ユネスコ文化遺産に登録され、古代ローマ時代の遺跡や中世の円形劇場が今に残る「ヴェローナ旧市街」は、豊かな歴史と文化の香りに満ちている。そして、なにより市民が誇りにしているのは、この街が「ロミオとジュリエット」の舞台であることだ。

現存する『ジュリエットの家』は、シェークスピアがカプレーティ家をモデルにしたものと言われ、この家の中庭に立つジュリエット像の右胸に触れると恋が成就するという言い伝えがある。像の右胸がピカピカ光っているのはそのためだ。

さて、ロミオがバルコニーの下からジュリエットに愛を告白するシーンは有名だが、コロナ禍のロックダウンの最中、バルコニーで愛を育んだカップルが話題となっている。

二〇二〇年三月、在宅勤務をしていたITエンジニアの男性ミケーレ・ダルパオスさん（当時三八歳）は、通りをはさんで三〇メートルほど離れた向かいのアパートのバルコニーを歩くパオラ・アグネリさん（当時三九歳）をひと目見て、すぐに心を奪われた。

パオラさんは、隔離生活する住民を励ますため、バルコニーでバイオリンを演奏する妹につきそって、その優雅な音色《ねいろ》に聴き入っていた。ミケーレさんは、そんなパオラさんの清楚な姿に惹かれて恋に落ちた。一方、パオラさんも遠くから彼の熱い眼差しを感じていたという。

ふたりは近所に住んでいたが、それまで知り合う機会はなかった。ミケーレさんは、なんとかパオラさんと連絡をとる方法はないものかと思案した。偶然、ミケーレさんの妹がパオラさんと同じジムに通っていることを知って手がかりをつかみ、ＳＮＳを使ってコンタクトしようと思いついた。そして、インスタグラムを通じてパオラさんとの連絡を試みた。

それからまもなく彼女と連絡がとれ、ふたりの間でチャットがはじまった。チャットは深夜まで、時に明け方になることもあった。それでも翌朝また挨拶を交わすというふうに際限なく続いた。

あるときは白いベッドシーツにパオラさんの名前を大きく書いてアパートの屋上の柵から吊るし、満たされない熱い思いを伝えることもあった。

そして、ふたりがはじめて直接会えたのは、ロックダウンが解除された二〇二〇年五月四日のことだった。最初の出会いから約二カ月が過ぎていた。

「言葉は必要なかった。ベンチに腰掛けて、まるで一〇代の若者のように三〇分も口づけを交わしたんだ」とミケーレさんは語る。

静かに愛を育んだふたりは、その後、婚約を発表。悲恋の街で芽生えた恋物語は、ハッピーエンドで幕を閉じた。

イギリス

「ガールフレンドの家を訪問するため、スコットランドからマン島へジェットスキーに乗ってアイリッシュ海を渡った男が、Covid-19（新型コロナウイルス）規制を破ったことで収監された」

BBCのツイッター（2020年12月14日）

恋人に会うため水上バイクで島へ不法侵入～禁固四週間

世界中のカップルが、新型コロナウイルスに泣かされた。でも、ますます燃えあがった恋もある。

二〇二〇年九月、屋根葺き職人のデール・マクラハランさんは、英国本島とアイルランド島に囲まれたアイリッシュ海に浮かぶマン島で仕事をしていた。ある日の夜、コロナ規制下のナイトクラブでジェシカ・ラドクリフさんと出会い、ふたりは恋に落ちた。

だが、一〇月に入って請け負った工事が終わると、デールさんはスコットランドに帰ることになった。島を離れるフェリーの中で、その選択が人生最大の誤りだったと悔いた。そのとき、必ずまた彼女に会いに来ようと決意した。

しかし、マン島はイギリス連邦の一部ではなく「自治権をもったイギリス王室の属領」という特別な土地だった。そのため、イギリス人のデールさんでもコロナ規制のため島に入る許可はおりなかった。

思いつめたデールさんは、漁師にお金を払って密航しようかとも考えた。だが、結局、水上バイクで彼女の暮らすマン島まで行くことに決めた。とはいえ水上バイクを運転したことも、触れたことさえない。そのうえ泳ぎにはまったく自信がなかった。

愛の力は偉大なり。いざ決心が固まると、すぐに水上バイクを購入。航行に必要なドライスーツ、ドライバッグ、マリンGPSシステムもそろえた。しめて五九七〇ポンド（約九二万円）の出費だった。ドライバッグには、時計やコートなど彼女への贈り物がぎっしりつまっていた。

一二月一一日、午前五時。まず車でスコットランド最南端のウィットホーンの港へと移動。ここから二五マイル（約四〇キロ）離れたマン島をめざした。あいにく小雨が降っていて、海上は霧にけむっていた。晴天の日なら、波は二～三フィート（六一～九一センチ）ほどだが、この日は風が強く六フィート（約一メートル八三センチ）の波が立っていた。

出発から三〇分でGPSが高波に洗われ、機能不全に陥った。これでまったく方向がわからなくなってしまった。黒々とした真冬の凍《い》てつく波が、容赦なく彼の体を鞭打った。海水が目に染みた。やがて手はしびれ、腕や肩がひどく痛んだ。しかしジェシカさんのことを思うと、最悪の状況下でも引き返そうとは思わなかった。ロックバンドのウェット・ウェット・ウェットの『愛にすべてを』などのラブソングを聴いて自らを鼓舞した。

　机上の計算では、四五分で目的地に着くはずだった。ところが、結局、四時間半もアイリッシュ海をさまよい、あと一〇分で燃料タンクが底をつくというところでマン島にたどり着いた。間一髪のところで、愛の女神が手を差し伸べてくれたのだった。だが、マン島に上陸したものの港を間違えたため、彼女の家までさらに一五マイル（約二四キロ）も歩かなければならなかった。

　ついにデールさんが夢にまで見た彼女のアパートにたどり着くと、ジェシカさんが窓から身を乗り出して叫んでいた。歓声をあげてはしゃぐ彼女は、デールさんに駆けよって熱いキスを贈った。

　一方、「こんにちはベビー！」と言って恋人をハグしたきり、デールさんは感極まってうまくしゃべれなかった。そんな彼からは、ほんのり海水の匂いが漂っていた。その夜、ふたりは行きつけのパブで語り合った。

翌日の夜、ジェシカさんのアパートのドアをノックする音が聞こえた。ドアを開けると警官が立っていた。このとき、マン島に不法侵入した罪でデールさんは逮捕された。その証拠として、島に向かって航行する彼の写真が提示された。

コロナ規制に違反する者には、最高三カ月の懲役または一万ポンド（約一五四万円）の罰金が科せられるが、最終的に四週間の禁固刑となった。

デールさんは、「後悔はしていないが、自分の行動で嫌な思いをした人には申し訳ないことをしたと思っている……。それは情熱の犯罪と呼べるだろう」とも言っている。

このニュースがBBCで報じられる（二〇二〇年一二月一四日）と、タブロイド紙『サンデー・ミラー』をはじめ『ニューヨーク・タイムズ』からも取材が殺到し、デールさんの名は広く世界に知られるようになった。

一途《いちず》な愛のために法を犯したデールさんは、SNS上で世界的なヒーローとして崇《あが》められた。コロナに苦しめられた災い多き二〇二〇年のエンディングを幸福な気持ちで飾ってくれたという理由だ。

そしてついにジェシカさんとの結婚を果たしたデールさんは、ツイッターに短い動画と共にコロナ禍で招待客全員を招くことができなかったという謝罪のメッセージを投稿した。

「見知らぬ人からケーキを贈られて涙する中国の配達員」

サウス・チャイナ・モーニング・ポストのユーチューブ（2020年5月12日）

見知らぬ人から届いたケーキに涙する中国の配達員

ユーチューブであっという間に四〇〇万回以上再生されたこの動画は、新型コロナウイルスの発生源とされる（異説あり）中国湖北省武漢市のパンとケーキを扱うフードデリバリーのエピソードだ。

中国では九億人のネットユーザーのうち、約半数の四億六〇〇〇万人が食品デリバリーを利用し、特に三〇歳以下の若い世代は九八パーセントまでが自由に使いこなす。配送業務件数は年間約一八三億件。一日平均では、五〇〇〇万件もデリバリーされている計算になる。

デリバリーは二四時間体制で、三度の食事だけでなく、利用者の二〇パーセントが午後のお茶やコーヒー、夜食まで注文しているという。しかも配達時間は平均三〇分以内。配達が遅れるようなら、消費者からプラットフォームに連絡が入り、配達員の勤務態度が評価される。そのうえ雨の日も雪の日も炎天下でも、渋滞する車の合間をすりぬけて単車を走らせなければならない。そのため仕事中の事故はつきもので、歩合制の低い給料に見合わない命がけの仕事だ。

中国でそんな割の合わない仕事に携わっている人は、地方出身の二〇～三〇代の若い青年が多いという。コロナの影響で失業した人でも、デリバリー産業ではまだ仕事が見つかりやすいからだ。

さて、この動画に話を戻すと、ブルーの制服にブルーのヘルメットをかぶり、マスクをした若い男性配達員が、ベーカリーの女子店員から配達伝票を受け取る。だが、伝票の受取人が自分の名前になっていることで不審に思った彼は、引き返して女子店員に確認する。店員が注文者に電話をすると、やはり受取人は配達人の彼に間違いないという。それでもまだ信じられないらしく、「本当に僕でいいの？」と何度か自分を指さしながら訊ねる。

実際、注文書の備考欄には「これは配達員さんへのプレゼントです。毎日お疲れさま。身体にはくれぐれも気をつけてね」というメッセージが添えられていた。なぜなら、その日は配達員の誕生日だったのだ。

中国のデリバリーシステムでは、注文者と配達員は直接、ＳＮＳのチャットを通じてやりとりできるようになっている。しかも配達員のプロフィールが見られるため、注文者は誕生日を知ることができる。

動画の続きは、辺りがとっぷり暮れる中、コンクリートの階段に腰かけた青年が、ショートケーキの上の一本のキャンドルの炎を一気に吹き消す。すると、両目からあふれ出る涙を二回手でぬぐいながら、掻きこむように急いでケーキを食べる様子が映し出されている。

そのシーンに「あなたの小さな振る舞いが、ある人にとっては、どれだけ意味のあることかを知らない」という英語のテロップが表示されている。

この動画を見た人からＳＮＳで「見ているこっちまで泣けてくる」「コロナのせいで配達量が増えて、本当に大変だね。配達員さん、誕生日にまで私たちのために働いてくれてありがとう！」などといったコメントが寄せられた。

武漢市では一万人以上のデリバリー配達員が、見知らぬ人から同様の心温まるサプライズを受けたという。

アメリカ

「……パンデミックのはじめの頃、私はある個人的な悩みがあって、よく夜の長い散歩に出かけました。というのは私はひとりきりで、とにかく眠れなかったからです。ある夜、私は散歩していました」

ケリー・ヴィクトリアさんのツイッター（2020年12月12日）

妖精の庭で育んだ大人と子どもの友情の物語

ロサンゼルス在住の写真家、ケリー・ヴィクトリアさんのツイッターが話題となり、米ABC放送の朝のテレビ番組『グッド・モーニング・アメリカ』で放送（二〇二〇年一二月一四日）されたほか、『ニューヨーク・タイムズ（電子版）』（同一二月二四日）にも掲載された。

パンデミック（新型コロナウイルスの世界的大流行）がはじまったばかりの二〇二〇年四月のある日の夜、ケリーさんが散歩をしていると、街路樹の根っこの囲みにカラフルなヒマワリの風車があるのが目についた。立ち止まってよく見ると、そこにはきれいにペイントされた家や岩などのオブジェが配置され、精巧な〝妖精の庭〟が作られていた。

また、木には模型の庭を作ったエリアナという女の子の写真と、その子の保護者が中世風の童話のフォントでタイプした一枚の紙が画鋲でとめられていた。

メッセージには「私たちの四歳の女の子が、あなたの一日を明るくするために作りました。魔法を唱えてください。でも、もっていかないでくださいね。つらい日々が続きますが一緒にがんばりましょう。妖精の庭とうららかな陽気を楽しんでください」と自粛生活を励ます文面がしたためてあった。

当時、肉体的にも精神的にも疲れて孤独を感じていたケリーさんの心はほんのりと温かな思いで満たされた。

次の夜、ケリーさんはその木に住む妖精だと、エリアナちゃんにメモを残した。自分の誕生石から、妖精をサファイヤと名づけた。メモには、「もしこれらの約束事を果たしたら、キラキラ光る魔法のサイコロをあげましょう」と書いた。女の子がどう思うかと想像するだけでワクワクした。

その約束事とは、「愛する人に五つよいことを言う」「困っている人に三つ手助けする」「いつも親切で勇敢であると約束する」「愛が必要な人に愛情を注ぐ」、そして、「妖精の仲間にも見せたいので、好きな動物の絵を描いてほしい」というものだった。

返事があるかどうか、半信半疑だった。だが次の日の夜、妖精の庭にはすべての約束を果たしたというエリアナちゃんからのメモと青いブタの絵が置かれてあった。ケリーさんの目に涙があふれた。

約束通り、彼女は魔法のサイコロを作って、手紙といっしょに木の下に置いておいた。それとエリアナちゃんの両親が心配しないように、自分の名前と連絡先を別の小さなメモに記しておいた。

ある時、エリアナちゃんが妖精サファイヤの写真がほしいと言ってきた。ちょうど前年のハロウィンのときに妖精エルフに扮した写真があったので、フォトショップで加工して急場を切りぬけた。

六月になってケリーさんは家を引っ越したが、その後も毎晩、妖精の庭に通い続けた。そんな楽しいやりとりが九カ月ほど続いたある日、彼女の母親から少し遠いところに引っ越すという連絡があった。妖精の庭を離れることで、娘が悲しい思いをしている。その前にぜひ会いたいということだった。

家族の引っ越しの日の朝、ケリーさんは最後のメモを残した。そこには妖精も引っ越しすることになったこと。そして妖精が荷物を運ぶには、一日だけ人間の大きさになる必要があるのだと説明した。

それからケリーさんとエリアナちゃんと母親の三人は妖精の庭の前で会い、一時間ほど話をした。この間、エリアナちゃんは興味津々で、妖精はいったいどんな生活をしているかなど質問は尽きなかった。また母親は、もともと内向的で恥ずかしがり屋の娘は、ケリーさんのやさしさで気持ちが楽になって心を開いたと感謝した。

ケリーさんはこれまでの人生の中で、この日の出会いが最も大切な心打たれるものだったと述懐している。最初はエリアナちゃんとのやりとりがどれだけ自分の心を高揚させているかわからなかったが、やがて妖精の庭に通うことに喜びを感じ、それが自分のためになっていると気づいた。

なお、ふたりの交流はこれからもずっと続くのだという。

ブラジル

「毎日、ジョアン・コエーリョさんはPADOOメンズファッションの店の前を通り、缶を拾っていました。#PADOO」

Padoooficialのインスタグラム（2020年12月16日）

シンデレラボーイ!?　ホームレス男性がSNS拡散で家族と再会

歌手のアレッサンドロ・ロボさんは、新型コロナウイルスの影響でコンサートやイベントがすべて中止となり、本業とは別の理容と服のトータルコーディネートをする店の経営に専念していた。

ある日、いつものように店の前で空缶拾いをするホームレスのジョアンさん（当時四五歳）に、「お腹は空いていないかい」と声をかけた。すると彼から髭剃りを貸してほしいと頼まれた。

アレッサンドロさんは、髭剃りならサービスしようと店に招き入れ、親切に散髪までしてあげた。野放図に肩よりも長くのびきったもじゃもじゃの髪、首が隠れるほどのあご髭を生やした男性が、すっきりと刈り上げた頭と形の整った立派な髭を蓄えたダンディーな男性に変身した。笑顔の瞳がなんともチャーミングだ。

そのうえ、シャツ、ジャケット、ズボン、靴をコーディネートして着替えさせると、ジョアンさんはファッション雑誌からぬけ出したようなイケメンに生まれ変わった。

アレッサンドロさんは、「ジョアンさんを変身させるのに二時間かかったよ。彼はとてもシャイであまり話はしないんだけどね。仕上がりにはとても満足して感謝していたよ。彼は本当に男前なんだ」と語っている。

アレッサンドロさんがその様子をSNSに投稿したところ、約二一〇キロ離れた首都ブラジリアに住むジョアンさんの実の妹のマリアさんから連絡が入り、翌日一〇年ぶりに涙の再会を果たした。家族は、ジョアンさんはもうすでに亡くなってしまったのではないかと思っていたそうだ。

アレッサンドロさんは、「今年はつらいことがたくさんあったからね。ジョアンさんのことは店のみんなが喜んでいるんだ」と嬉しそうにほほ笑んだ。

後日談になるが、マリアさんは同居を申し出たのだが、結局ジョアンさんは断って、また自由な路上生活に戻ってしまったのだった。

チリ

「バットマンに扮した男が、チリの首都でホームレスに食事を与えています」

レイモンド・マーティンさんのツイッター（2020年8月20日）

夜の街でホームレスに食事を配るバットマン

黒いマントに耳の尖った黒いマスクをかぶったお馴染の人気ヒーロー〝バットマン〟に扮した男性が、ロックダウン中のひっそりと静まり返ったチリの首都サンティアゴで、夜な夜なホームレスに食事を届けているとロイターが報じた（二〇二〇年五月一八日）。

するとこのニュースは、シンガポールのヤフーやフェイスブックを皮切りにネットで配信され、やがて世界の人々の心に波紋のようにひたひたと暖かな感動が広がった。北半球では、五月は年間を通じてもっとも気持ちのよいシーズンでも、南半球のチリではまだ冬がはじまったばかり。

しかも五月一五日から人口約七〇〇万人の首都圏を対象にロックダウン（都市封鎖）が実施され、不要不急の外出が禁止された。三月中旬に一時国境が封鎖され、外出が制限されたことがあったが、このような完全なロックダウンははじめてのことだった。

その後、ロックダウンの影響で経済は落ちこみ、二〇二〇年はこの一〇年で最悪の五・八パーセントのマイナス成長を記録した。さらに物価も上昇。この年の失業率は一二パーセントを超え、冬の首都サンティアゴの街に失業者があふれた。

近年、チリの急速な経済発展を支えてきたのが、隣国ボリビアなど周辺国からの出稼ぎ労働者だ。ところが、コロナ禍の隔離政策の影響で大量に仕事を失ってしまった。家賃が払えず住居を追い出された人々は、路上にテントを張って集団でホームレス生活を余儀なくされた。

バットマンの艶消し黒の愛車「バットモービル」ならぬ、三菱の白いSUVのトランクを開けると、そこにはたくさんの白いフードパックに入ったお弁当が積まれていた。すべてバットマンが自宅で手作りした心のこもった食事だ。

黒いマスクの下に白い医療用マスクをつけて感染対策も怠らないバットマンが、赤いエプロンをかけてせっせとお弁当を用意している姿が、ユーチューブに投稿されている。

そんな温かな食事を一人ひとりのホームレスにいたわりの言葉をかけながら、各自ふたつのフードパックと二枚のパンを手渡す。また、ホームレスといっしょに路上で暮らす犬にも同じ食事を与える映像から、バットマンの生きとし生けるものへのやさしさが伝わってくる。

「周囲を見渡してください。少しの時間を割いて、必要としている人たちに食べ物とシェルター（雨風をしのげる場所）を与え、励ましの声を掛けられるかどうかやってみてください」

あくまでも自分の素性を隠し、バットマンはロイターのインタビューにこのように答えた。

「みなさん、こんにちは。よいニュースです。コロナテストで陽性反応が出た後、1週間自己隔離していますが、症状はほとんど変わりません。だるいだけで、熱はありません。……。
みんないっしょにがんばりましょう。感染の流行を抑えよう。ハンクス」

トム・ハンクス氏のインスタグラム（2020年3月17日）

トム・ハンクス氏が学校でいじめられている少年を激励

「親愛なる　ミスター&ミセス・ハンクス、僕の名前はコロナと言います。ニュースであなたと奥さんがコロナウイルスに感染したと聞きました。大丈夫ですか？……」

手紙の差出人は、オーストラリア・クイーンズランド州のゴールドコーストに住むコロナ・デブリーズ君という八歳の少年だった。そして受取人はハリウッド俳優のトム・ハンクス氏だ。

二〇二〇年三月、ハンクス氏はエルヴィス・プレスリーの伝記映画の撮影（名マネージャーのトム・パーカー役）のため、オーストラリア滞在中に新型コロナウイルスに感染。人気俳優としては、かなり早い段階でコロナ感染が報道され、話題となった。

このときコロナ・デブリーズ君はTV番組「ニュース９」で、ハンクス夫妻が地元の病院で隔離療養をしていることを知った。コロナ君はディズニー／ピクサー映画

『トイ・ストーリー』で、ハンクス氏が声優として主人公ウッディの役柄を演じていたことで氏の熱烈なファンになった。陽気なウッディが大好きで、病気のときにはいつもテレビで見ていたという。

手紙を書いたのは氏を心配してのことだったが、他にも理由があった。コロナ君は手紙の中で、自分の名前は気に入っているが、学校で〝コロナウイルス〟と呼ばれている。からかわれる度に悲しくて怒りを感じると打ち明けた。

ハンクス氏はイジメを受けて辛い思いをしているコロナ君を励まそうと、次のような返事を書いた。しかも、手紙に添えて愛用のタイプライターまで贈った。

「親愛なる　友だちのコロナ君へ

君の手紙で私と妻はとっても素晴らしい気持ちになりました。このようなよい友だちをもてたことに感謝しています。友だちというのは、大変なときに気持ちを楽にしてくれます。

私はもうアメリカに帰って健康になったけど、君をテレビで見ました。もう病気ではないけれど、君から手紙をもらってさらに気分がよくなりました。君は僕の知っているたったひとりのコロナ――太陽のまわりの輪、冠という意味の名前の人です。

このタイプライターは君にぴったりだと思いました。私がゴールドコーストにもって行ったものですが、今また君のところに戻ってきました。どうやって使うかは大人の人に訊いてください。それを使って私に手紙を書いてください。

トム・ハンクス」

氏はプレゼントしたコロナ社製のタイプライターを使って返信した。そして手紙の最後は、手書きで「追伸　きみはともだち！（You've Got a Friend in Me）　本当にありがとう！」と、『トイ・ストーリー』の主題歌「きみはともだち！（Randy Newman作詞）」が書かれてあった。俺がついているからくじけたらだめだ、という応援歌だ。

ハンクス氏はタイプライター愛好家としても知られており、これは人気コメディーバラエティ番組『サタデー・ナイト・ライブ』（米ＮＢＣテレビ）に出演したとき、彼の傍らに映っていた貴重なアンティークだった。

column

バーチャル卒業式でコロナ禍の学生を〝選ばれし人〟と祝福

二〇二〇年五月二日、トム・ハンクス氏はオハイオ州のライト州立大学演劇・ダンス・映画学部のバーチャル卒業式でビデオスピーチを行った。「誰もが泣きたくなるほど感動した」と米メディアが絶賛したスピーチは、苦しいコロナ禍を生きる学生を激励する次のような内容だった。

「私はおめでとうを言うためにここにいます。『選ばれし人よ』おめでとう！　私がみなさんを『選ばれし人』と呼んだのは、あなたがたはいろいろな意味で選ばれた人だからです」

さらに氏はこう続けた。

「みなさんの成功は周囲の人々の支援と愛のおかげだということは疑う余地もありま

せん。しかしその大部分は、あなたがたが、自分がそうすることを選んで成功を収めたのです。

ライト州立大学へ求学の冒険にやって来たときは、想像もしなかったような運命に見舞われたあなたがたは、選ばれた人なのです。

みなさんは二〇二〇年の大パンデミック以前の昔の世界でスタートしました。やがて若かりし時代を『う～ん、あれはコロナ以前のことだった』『あれは大パンデミック前のことだった』などと話すようになるでしょう。あなたがたの人生の一部は、他の世代がよく口にするように、『～以前』として永遠に識別されることになるのです。『う～ん、それは戦前のことだった』、『インターネット以前のことだった』、あるいは『ビヨンセ（米ヒューストン出身のシンガーソングライター）以前のことだった』などというふうに。この『～以前』という言葉が重みを増してくることでしょう。

今日、時代・科学・我々の国、世界連邦が再構築されようとしているときに、みなさんは卒業します。大いなるリセット、大いなるリブート《再起動》のときにライト州立大学を終了するのです。ひとりのアメリカ人として、より期待されるときに卒業生としてここを去るわけです。あなたがたは、責任あるアメリカ人である必要がありました。よいアメリカ人である必要がありました。他人の生命を救うために犠牲になった、そんなよいアメリカ人です」(中略)

そして最後にハンクス氏は、次のような言葉を投げかけた。

「未来は常に不確実です。しかし、私たちはひとつのことを確信しています。あなたがたは、私たちを落胆させないということを。ありがとうございました。おめでとう。よくがんばった!」

ちなみにハンクス夫妻は新型コロナウイルスから回復したのち、他の患者を助けるために血漿《けっしょう》を提供している。

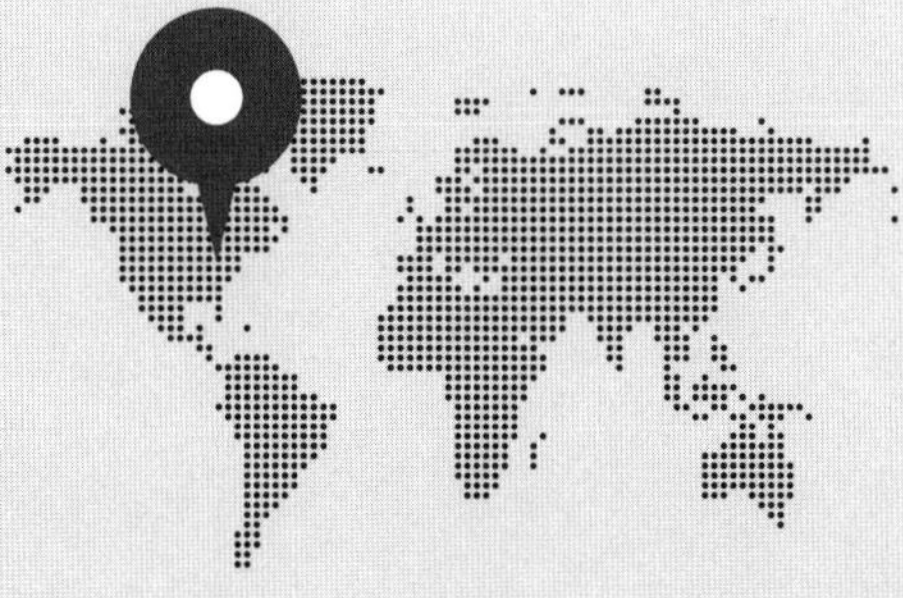

「……多くの韓国メディアが『こどもの日の奇跡』『韓日7,200kmの共助』と好意的に伝えた良い話題。……」

KOHNO, SIOUXSIE さんのツイッター（2020年5月6日）

韓国の少女を救った「子どもの日の奇跡」

二〇二〇年五月五日、急性白血病になった韓国人の五歳の女の子が、日本政府の助けでインドから韓国へ無事帰国。地元メディアは、こぞってこのニュースを「子どもの日の奇跡」と報じた。

家族といっしょにインドに滞在していた女の子は、その数日前にニューデリー近郊のグラグラムの病院に緊急入院。その後、症状が悪化したことで、すぐに自国に戻って治療する必要に迫られた。

しかし、インド政府は新型コロナウイルスの影響で三月から国際航空便は全面的にストップし、空港も閉鎖されたままだった。しかも、韓国政府がチャーター機を用意するにも、早くて五月中旬から下旬という絶体絶命の状況だった。

韓国政府は、一縷《いちる》の望みを託して、在インド各国外交官筋に打診した。すると、日本大使館から四日に飛ぶチャーター機があるとの返事があった。しかし、空席は二席だけ。女の子の母親と一歳年下の妹もいっしょに帰国するため、三席必要だった。交渉の末、なんとか三席確保してもらえた。

当時、日本領事館の職員は全員在宅勤務だったが、特別に出勤して即日ビザを発給。しかも、日本入国時の検疫手続きは免除となった。

三人は四日の午後七時五分にニューデリー国際空港から日本航空の特別機で出航し、翌五日の朝六時二五分に羽田空港に到着。そこから成田空港に移動し、同日午後七時三〇分に仁川《インチョン》国際空港へたどり着いた。実に七二〇〇キロの長旅だった。

インドに残った父親は、「すぐには飛行機便を用意できないと思って絶望的だったのに、奇跡が起こった」とほっと安堵の胸をなでおろした。

五月七日、カン・ギョンファ外交部長官は、急性白血病を患った女児が日本の協力で無事にインドから帰国したことで、茂木敏光外相に謝意を表明。書簡には「今後もこうした人道的事由を含め、帰国支援と関連して緊密な協力が続くことを期待する」とあった。一方、茂木外相もその日の記者会見で、「日韓協力の観点から非常によい協力になった」と述べた。

また、韓国内からは元徴用工（旧朝鮮半島出身労働者）問題などで冷えこんだ日韓関係が、改善される絶交の機会が生まれたという声が聞かれた。

だが実際には、むしろ日本の方が韓国のチャーター便に救われてきた。たとえば、三月三一日にマダガスカルから出航した韓国政府のチャーター機には七人の邦人が搭乗。四月三日には、フィリピンから邦人一二人。同月六日には、ケニアから邦人五〇人が出国。どれも、韓国の支援があってのことだった。

逆に、日本の臨時便に韓国人が同乗してスーダンから出国したことや、日韓が共同でチャーター機を手配し、邦人五六人がカメルーンから帰国したケースもある。

いずれにせよコロナ禍が招いた最悪の航空事情が、日本と韓国の協力関係を育み、歩み寄りの機会を与えてくれたのだった。

ペルー　日本

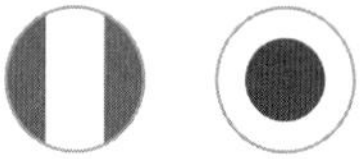

「……ペルーの人達みんな優しすぎるぅ～くぅ～
本当にありがとうございます!!
村長と一緒にマチュピチュ行った人今までおらんやろ笑
閉鎖後、一番最初にマチュピチュ行った地球人は俺だぁぁぁぁぁ」

片山慈英士さんのインスタグラム（2020年10月13日）

閉鎖中のマチュピチュ遺跡をひとりで観光した日本人

南米ペルーのマチュピチュは、一五世紀のインカ帝国最大の遺跡。ユネスコの世界遺産に登録されるこの要塞は、標高二四三〇ｍに位置することで〝空中都市〟とも呼ばれ、人気の観光地だ。

ここは二〇二〇年三月から新型コロナウイルスの影響で閉鎖状態にあったが、日本人男性ひとりのために一日だけ特別公開された。

そのマチュピチュ遺跡の絶景を独り占めした日本人というのが、大阪出身のボクシングのインストラクター片山慈英士《ジェシー》さん（当時二六歳）だ。高校時代は国体で全国五位。大学時代は関西一部リーグ優勝、全日本大学王座決定戦で準優勝という経歴をもつ。

片山さんは、自分にしかできない世界一のボクシングジムを作る夢を実現するため、二〇一九年七月から世界一周の旅に出た。父方の祖父が南米トリニダード・トバゴの出身で、自身のルーツを探りたいとの思いもあったという。

まず、オーストラリアからアジア、アフリカ、北アメリカを経て南米に入り、ペルーのマチュピチュがある村にたどり着いたのは、翌年三月一四日のこと。すぐに一六日のマチュピチュ遺跡の入場券を購入したが、前日の夜に緊急事態宣言が発令されてしまった。以後、外出が禁止となり村からの移動が難しくなった。ホテルも営業禁止となったが、幸いホテルの経営者の住居の一室を借りていたことでそのまま滞在できた。

この間、大自然の中でボクシングのトレーニングをしたり、村の子どもたちにボクシングを教えたりして過ごした。そうして二〇〇日が過ぎた頃、資金もそろそろ底をつき、一一月に資格試験を受ける予定もあったため、遺跡の見学はあきらめて帰国することにした。そんな矢先、文化省の協力で、マチュピチュを観光する特別許可がおりた。その背景には、片山さんを知る村人から村長への働きかけがあった。

現地の人々のやさしさに支えられ、片山さんはコロナ禍で閉鎖中のマチュピチュ遺跡をたったひとりで思う存分楽しむことができた。このニュースはCNN、AFPで世界に発信されたほか、共同通信、朝日新聞、日本経済新聞、東京新聞などで報道された。なお、片山さんは滞在中にマチュピチュ観光大使に任命された。

余談ではあるが、マチュピチュの人々が日本人びいきなのには理由がある。一九四一年、マチュピチュが村に昇格したおり初代村長になったのが、福島県安達郡大玉村出身の野内与吉さんだった。野内さんは、一九一七年に契約移民としてペルーへ渡った後、ペルー国鉄に勤務し、路線の拡大工事に携わった。また、マチュピチュ村に川から水を引いて畑を作ったり、水力発電所を建設して村に電気をもたらしたのも彼の功績による。

しかも村で最初の本格的木造建築の「ホテル・ノウチ」を建て、ホテルの一角を郵便局・交番として無料で貸し出した。

そんな知られざる野内さんが撒いた種が、片山さんのマチュピチュ観光大使として花開いたと言えるかもしれない。

カーボベルデ

「世界が平和だった2019年12月11日
僕たちは新婚旅行世界一周の旅にでた。
その後コロナが世界中で蔓延し、未だ僕たちは帰国ができない状況だが、この一年間で僕たちを取り巻く環境は一気に変わる事になる。
……」

片岡力也さんのユーチューブ　クレイジーハネムーン【世界一周新婚旅行】(2020年12月11日)

アフリカの島に足止めされ東京五輪大使になった日本人夫婦

片岡力也さんは妻あゆみさんと結婚するにあたって、指輪の代わりに世界一周航空券を贈ったという。ハネムーンはまずアフリカへ。南アフリカ共和国から北上して、カーボベルデ共和国に入ったのは翌年二月のことだった。ここで二週間ほど滞在して、スペインに向かうはずだった。

だが、ここから人生は予想もしていなかった方向に大きく舵をきる。コロナウイルスの影響で、スペイン行きの飛行機がキャンセルされてしまったのだ。仕方なく片岡夫妻は、そのままカーボベルデに残って様子をみることにした。

カーボベルデはアフリカ西部のセネガル沖約五〇〇キロの北大西洋上に浮かぶ一五の島々からなる人口五四万人ほどの小さな国で、一五世紀から二〇世紀後半までポルトガルの植民地だった。青い透き通るような海に囲まれたこの国の主な産業は観光業で、どこもコロナ禍のあおりを受けていた。それでも、心やさしい穏やかな人々は、

「ノーストレス」を口癖に大らかに生きている。国際線はすべてストップし、島の移動もままならないが、コロナの影響が感じられない、まさに地上の楽園といった感じだった。

そんな中、気がつくとカーボベルデ入国時に与えられた一カ月の滞在ビザは、すでに三週間を過ぎてしまっていた。待てど暮らせど再開しない就航に焦りを感じた片岡さんは、ここから持ち前の行動力を発揮する。滞在が長引くことを見越して、現地でサバイバルしていこうと決意した。

片岡さんは仕事柄、動画の制作はおてのもの。ドローンを使って、上空から島の美しい風景を撮影。観光客を誘致するためのPR動画を作成し、国に貢献することで労働ビザを取得しようと考えた。また、レストランやホテルのPR動画を制作し、お金ではなく「食事の食べ放題」「無料で宿泊」というふうに、相手にとって負担の少ないギブ・アンド・テイクの交渉をした。

政府に知ってもらうには、まずマスコミに知ってもらおうと考え、地元メディアに動画を送ったところ、一社から返事があった。そこには動画を紹介するだけでなく、片岡さん夫妻を紹介する記事も載せたいと記されてあった。

夫妻のニュースがアフリカのＳＡＰＯという大手サイトで紹介された翌日、同国のオリンピック委員会から連絡があった。その後、片岡さんは東京オリンピックに向けて国をアピールするカーボベルデの公式アンバサダーに任命された。

まもなくロイター通信からもインタビューを受け、ふたりのニュースが世界に配信されると、ＣＮＮ、ＡＦＰ、『ニューヨーク・タイムズ』、朝日新聞からも取材が入った。以降、日本テレビ、テレビ朝日、ＴＢＳなどからも出演依頼が舞いこみ、片岡夫妻は時の人となった。そして夫妻の貢献を称えて、カーボベルデの首相から感謝状が届いたのだった。

ドイツ

「……2～3日前に私たちはくり返し、どのように動物園をサポートしたらよいかと尋ねられました。ここにいくつかの方法をまとめてみました。……」

ノイミュンスター市のティア・パーク（動物園）のフェイスブック（2020年4月18日）

園長のSOSで動物の命を救った市民

　コロナ禍で経済的打撃を受けた各種産業の中にあって、ヨーロッパの動物園もその例外ではなかった。

　二〇二〇年四月一五日、経営危機に陥ったドイツ北部のノイミュンスター市の私営動物園の園長のインタビュー記事がＤＷニュースで報じられた。
＊ＤＷ＝deutsche Welle（ドイチェ・ヴェレ）＝ドイツ国営の国際放送事業体
このままでは動物園が維持できなくなると憂え、「最悪の場合、動物を安楽死させて、他の動物の餌にしなければならない。すでに殺処分する動物のリストを作成した」とセンセーショナルなメッセージを出したのだ。

　この動物園はロックダウンに伴い三月中旬から休園を余儀なくされ、入場料やイベント収入がいっさい絶たれてしまった。毎年、イースターにはたくさんの家族連れがやってくるお陰で、冬の赤字を補てんできていた。さらに休園していてもペンギンやアザラシには、常に新鮮な魚が必要なのだ。

しかも、利益がないうえ園内で飼育する七〇〇匹の動物の世話をする職員に給与を支払わなければならない。そのため最後の手段として、シカやヤギなどを処分して、オオヤマネコ、ワシ、ホッキョクグマのエサにするのだという。

しかし、このときの園長の悲痛な訴えを耳にして、たくさんの市民が自分にもなにかできることはないかと訊《き》いてきた。

そこで動物園では具体的な支援策を打ち出した。その方法は寄付のほか、動物園のメンバーになる、年間パスを購入する、動物のスポンサーになる、ネットでギフトを購入することだった。

こうして動物園の存続と動物の命を心配するたくさんの市民の協力のお陰で、動物たちの殺処分は回避されたのだった。

・閉鎖中のスイスの動物園が子ども向けデジタル教材を制作

スイスの首都ベルンは、チューリッヒ、ジュネーブ、バーゼルに次ぐ、スイス連邦第四の都市だ。市の名前はドイツ語のクマ（Bär／ベア）に由来し、クマは市のシンボルになっている。

この街にあるベルン動物園もロックダウンにより閉鎖し、多くの職員は就業時間を減らして働いている。だが、市で運営しているため、閉園の危機感はない。

しかし、市営動物園には学校教育をサポートする役割がある。コロナ以前は、よく授業の一環として動物園を訪れていたが、閉鎖されたことで子どもたちは動物と触れあう機会を失ってしまった。

そこで学校側から生物の授業に使うデジタル教材を作ってほしいという声もあって、ベルン動物園では動物の生態や飼育について学べる動画を制作することにした。

動画にはダイヤガラガラヘビが脱皮する様子、コキンメフクロウの赤ちゃんの誕生、ポニーのトレーニング法、クマや爬虫類のユニークな生態などどれも興味深い内容で、自宅で楽しく学べるよう制作されている。デジタル教材は教員にも生徒にも好評で、コロナ終息後も活用していくのだという。

〔本郷の旅館で文豪缶詰体験〕
外出も不安な今日この頃ですが、このままでは経済も大打撃……。旅館も多くの団体がキャンセルとなり、深刻な状況です。
「待てよ、団体が感染リスクがあるなら、ほとんど人に会わない#文豪缶詰プランなら良いのでは……?」

YASOSUKE〔八十介／鳳明出版社〕のツイッター（2020年3月8日）

ウッウッした時代にウケる「文豪缶詰（宿泊）プラン」

二〇二〇年、文京区本郷の老舗《しにせ》旅館に宿泊する「文豪缶詰プラン」が大人気となり、期間中は満室完売となった。

文京区本郷といえば、東京大学（旧・帝国大学）を擁する知性の香り高き街。また、帝国大学に通った森鷗外、夏目漱石、川端康成をはじめ、樋口一葉、宮沢賢治などが居を構えた文豪ゆかりの地でもある。

旅館は昭和レトロの純日本風。スタッフの出入りが最小限になるよう、すでに畳の間には布団が敷かれていて、テレビ、照明スタンド、金庫、タオル、浴衣、などが完備される。お茶うけの菓子は、地元の和菓子屋の文人スイーツで、森鷗外ゆかりの「抹茶漬け」や夏目漱石の大好物だったピーナッツを使った求肥《ぎゅうひ》菓子「そうせき」という具合だ。

旅館のチェックインからチェックアウトまで外出禁止。原稿を書いてもよし、もちろん部屋に籠って他の作業をしても構わない。また、食料の持ちこみやデリバリーの利用も可能だが、頼めば編集者が買い出しもしてくれる。そして、なにより「文豪缶詰プラン」というだけあって、宿泊中は「(作家)先生」と呼ばれて過ごすのだ。

モーニングコールのときも、目覚めのあいさつの後に「先生、進捗《しんちょく》はいかがですか」と編集者から訊かれ、窓の外に目をやれば「逃げないでください」と太字で書かれた大きな紙が掲げられる。ただし、これは事前のリクエストによるもので、ほかには「見守っています」「締め切りは延ばせません」「原稿をいただけると信じています」などのメッセージが伝言板に書かれたり、廊下に貼られたりする。

さらにスリルを味わいたい人には、こんな笑えないプランも用意されている。「愛人と鉢合わせ」のオプションは、妻が夫(宿泊客=作家)の行先を突き止めて旅館へきたところへ、つかの間の逢瀬《おうせ》にやってきた愛人とバッタリ出くわすというもの。これに対して、宿泊客が女性(女流作家)の場合は、愛人の編集長といっしょにいるところへ夫が踏みこむ、というパターンに変わる等、内容や設定を要望に合わせて変えることも可能。そこでひと悶着あって旅館は修羅場へと変わるのだが、お芝居とはいえ役者さんが演じる迫真の演技はなかなか見ごたえがある。

また、「文学賞」のオプションは、宿泊客である「先生」がマスコミ陣に取り囲まれる中、目の前の電話が鳴って受賞の一報が入るという流れだ。宿泊客は、常に「先生」と呼ばれて本当の作家になったような気持ちになれるうえ、息を飲むような雰囲気の中で、手に汗握る緊張感が味わえる。

応対する編集者は架空の「鳳明出版社」を名乗り、名刺や社名入りの原稿用紙を用意するという念の入れようだ。しかも、企画イベント会社「八十介」が運営する「鳳明出版社」のサイトには、「社訓〝はばたく未来、おとすな原稿〟、設立：昭和九五年三月、所在地：東京都昭和区鳳凰町一丁目」などと記載され、「文豪缶詰プラン」は完璧に仕上がっている。

なお今後は本郷だけでなく、文豪ゆかりのエリアを中心に、旅館ホテルの形式や土地柄に合わせた内容で展開していくという。

イタリア

セルビア

「私たちの友人のアジョップ・リチャルカは、ボローニャでガンの治療を受ける子どもたちが入居できる〝両親の家〟を購入するために絵の展覧会を開催した。……」

「ヌードル」のフェイスブック（2020年10月20日）

一万一〇〇〇枚の子どもの絵を集めた世界最大の展覧会

セルビアの首都ベオグラードを拠点に活動するNPO法人「ヌードル」（NURDOR／ガンの子どもをもつ親の全国協会）の所長ブラニスラヴァ・ペノヴさんは、自らバンを運転してイタリアのボローニャへと向かった。バンの後ろには、セルビア中から集めた約六〇〇〇枚の子どもの絵が積まれていた。

新型コロナウイルスがヨーロッパに上陸するや、最初に感染が拡大したのが北部イタリアだが、感染者の流入を防ぐため閉ざされていた国境は条件付きでようやく通過できるようになった。

ボローニャまでの一〇〇〇キロの道すがら、彼女は小児ガンで亡くなった姪のララちゃんのことを思い出していた。一五年前、ララちゃんはセルビアでは手に負えず、イタリアの病院に入院したのだ。

当時、共産主義の名残りがあるセルビアの病院は壁がはがれ落ち、暗く重い雰囲気に包まれていた。いっぽうイタリアの小児ガン病院には最先端の医療機器が備わり、個室にはカラフルなかわいい絵が描かれ、子どもの遊び場まで完備されていた。しかも、家族が寝泊まりできる施設や、病院まで送迎してくれるボランティアのNPOがあった。

そのとき「どうしてセルビアには、こんなきれいな病院がないの?」と、ララちゃんから訊かれたブラニスラヴァさんは答えに窮してしまったという。

だが、結局イタリアの病院でも手の施しようがなく、まもなく六歳の短い生涯を閉じた。ブラニスラヴァさんは娘のようなララちゃんを失ったことで、仕事にも身が入らず、心の中に大きな穴がポッカリあいたようだった。

その後、転職を考えた彼女はボローニャにある「アジョップ・リチャルカ」という小児ガン・白血病の子どもを支援するNPOが、ベオグラードにあるNPOを支援して事務所を開こうとしている話を耳にした。「これこそ自分が求めていた仕事だ」と直感した彼女は、勇んで面接を受けることにした。

見事、仕事を勝ち取ったものの、小さな事務所には机と電話とコンピューターがあるだけで、文字通りゼロからのスタートだった。しかし、彼女は亡くなったララちゃんのためにも、ひたすら病気の子どもたちとその両親のために朝から晩まで、時に土日も返上して働いた。

あれから一三年が過ぎた今、ブラニスラヴァさんが所長を務める「ヌードル」は、国内三都市に事務所を置き、通院する親子が無料で宿泊できる〝両親の家〟を五軒所有する。しかも、彼女が政府と粘り強く交渉したことで法律が改正され、子どもは完治するまで無料で診察を受けられるだけでなく、子どもに付きそう親は休職中でも給料がもらえるようになった。

二〇一八年、ついに「ヌードル」はセルビア南部のニーシュ市に国内初の近代的な小児ガン・白血病の専門病院を建設。さらにクラグエバッツ市の古くなった小児病院を改修した。ブラニスラヴァさんは、ララちゃんが自分の命と引き換えにイタリアに負けないくらいの病院をセルビアに建ててくれたと信じている。

その恩返しの意味もあって、彼女はイタリアへ向かった。なぜなら「ヌードル」と姉妹協定を結ぶボローニャの「アジョップ・リチャルカ」は、病気の子どもと家族を支援するため、早急にもう一軒〝両親の家〟を必要としていたからだ。

　しかし、他のヨーロッパの国々に先駆けて感染者が激増し、二カ月間もロックダウンが施行されたイタリアでは、NPOの存続すら難しいのに、新たな施設を拡充するために寄付金を募るのは容易なことではない。そこで考えついたのが、子どもの絵の展覧会を開いて、たくさんの人たちに買ってもらうことだった。

　一〇月一七日、一三世紀からずっとボローニャ市の中心だったマッジョーレ広場で、子どもの絵の展覧会が開催された。ゴシック建築が立ち並ぶ広場の石畳の上に、巨大な家を模《かたど》った黄色い台紙を置いて、その上にイタリアの子どもたちの絵も合わせて、合計一万一〇〇〇枚の絵を並べた。一枚一枚の絵は、家を形づくるレンガに見立てた。

　ここには世界最大の絵の展覧会をひと目見ようとたくさんの人々が集まり、一〇〇〇人を超える人々が子どもの絵を買ってくれた。こうして「アジョップ・リチャルカ」は「ヌードル」の協力のもと、コロナ禍と小児ガンで二重に苦しむ親子をサポートするために、〝両親の家〟を手にすることができた。

「今年三月、コンビニ大手のローソンから、全国の朝鮮学校へおにぎりが無償で届けられました。……心より感謝申し上げます」

朝鮮学校のツイッター（2020年11月4日）

ローソンが学童施設に五八万個のおにぎりを寄付

二〇二〇年二月二七日、政府は全国の小中学校・高校、特別支援学校に臨時休校を要請。急きょ三月二日から春休みの期間で実施を求めた。突然の休校の報《しら》せを受け、子どもの面倒をみられない共稼ぎやひとり親家庭はパニックに。ただ、幸い学童保育は除外された。しかし、学童施設では給食が出ないので、保護者は子どものお昼ごはんの準備に頭を悩ませることになった。

そんなとき、少しでも保護者の負担を軽減しようと支援を買って出たのが、大手コンビニエンスストアのローソンだった。

臨時休校開始日の三月二日、ローソンは自社のサイトに全国の学童保育施設に合計三万個のおにぎりを無償で提供・配送すると発表。希望する施設には、子どもひとりにつき二個、一施設に最大二〇〇個を三月一〇日、一七日、二四日の三日間配送することにした。おにぎりの種類は、シーチキンマヨネーズ、おかか、鮭、日高昆布等の四種類だった。

同時に、臨時休校中は給食が中断し、牛乳の消費量が減ることを考慮し、牛乳の消費支援と顧客の栄養補給を目的に、ホットミルク（MACHI café）を半額、カフェラテMを三〇円引で販売することにした。

ローソンのロゴマークに牛乳瓶が使われているのは、ローソンはもともと牛乳屋から興《おこ》ったからだ。牛乳の需要を喚起し、健康に寄与していきたいとの思いはそんなところからもきているという。

その結果、受けつけ開始からわずか二日で、予定の一〇倍を超える三二万個以上のおにぎりの申しこみがあった。そして、最終的には四七都道府県の七一六三施設、児童数三〇万七三三二人、おにぎり五八万四九八三個を配送（三日間の延べ総数）。その裏には、応募施設への事務連絡、おにぎりの仕分け・配送などに、延べ三九〇〇人のローソン社員と加盟店の骨身を惜しまぬ協力があった。

後日ローソンでは、「学童保育施設におにぎりをお届けした際には、お子さんたちから笑顔と心温まるお礼のお言葉をたくさんいただき、〝マチのほっとステーション〟

という、私たちの仕事の原点を改めて感じることができました」とのメッセージを発している。

一方、ローソンの無償支援に対し、ツイッターには「太っ腹！」「凄い数だ！」「流石《さすが》やで!!」「これからも、コンビニはローソンにしよっと！」「ありがとうございます、沢山の親が助かっています」などなど、ローソンを称賛するメッセージであふれた。

二回目のおにぎりの配送が終わった翌日、『神奈川新聞』に「朝鮮学校にもおにぎり届く　ローソン、川崎に六〇個無償」という記事が掲載された（同年三月一八日）。記事によると、同校は学童保育施設として市に届け出ているわけではないが、「日本の学校と同じく子どもを受け入れていると伝えたら『では届けます』と。学校名ではなく、実態に即して判断してくれた」そうだ。学校関係者は「朝鮮学校ということで色眼鏡で見ることなく、当たり前に扱ってくれたことが何よりうれしい」と語っている。

アメリカ

「USプレイヤーは、混乱の時代に医療従事者をサポートすることが重要だと感じました！ 今日、アレゲニー総合病院のすべての看護師と医師のためにムーチョ・ピザとイタリア料理を届けました！」

MLBのジョー・マスグローブ選手のツイッター（2020年3月23日）

米大リーグの選手が病院に四〇〇枚のピザの陣中見舞い

アメリカ北東部のペンシルベニア州に本拠地を置くMLB（メジャーリーグ・ベースボール）に所属するピッツバーグ・パイレーツの選手が、コロナ禍で困窮する地元の病院を支援した。

パンデミックの煽りをくらって、パイレーツは春季トレーニングが二週間中止となり、選手たちは本拠地を離れたまま、〝第二の故郷〟ピッツバーグを支援する方法はないかと案じた。

そこで思いついたのが、新型コロナウイルスの感染者の看護に奮闘する地元の病院の医療従事者と飲食店への支援だ。このふたつの目的を成就するため、二軒のレストランに分けてピザ四〇〇枚とパスタを注文し、地元のアレゲニー総合病院へランチの陣中見舞いを贈った。

二〇二一年一月にニューヨーク・ヤンキースに移籍したジェイムソン・タイヨン投

手も、これに賛同して支援したひとりだ。タイヨン投手は、二〇一〇年にMLBのドラフトでパイレーツに指名されてプロ入りして以来、地元ピッツバーグ市には深い縁を感じている。「病院スタッフは第一線で身を挺《てい》し、長時間働いてくれている」と感謝し同時に経営不振の地元レストランへの助けにもなるので、「一石二鳥だ」と支援の動機を語った。

・サッカー・プレミアムリーグ

これと似た心温まる話は、ヨーロッパにもある。アメリカがベースボールの大リーグならば、ヨーロッパはサッカーだ。ロンドン西部をホームタウンにするプレミアリーグ・チェルシーFCに所属するアントニオ・リュディガー選手は、もともとベルリン出身のドイツ代表選手である。

二〇二〇年一二月一九日、リュディガー選手はドイツ国内の一三の病院で、新型コロナウイルス患者の集中治療にあたる計四二〇人の医療スタッフにピザを寄付した。

ロンドンで暮らすリュディガー選手は、感染状況が悪化するドイツを心配しながら、

「コロナ集中治療室で働いている人達は素晴らしい仕事をしてくれている。僕にとって、彼ら全員が誇りだ」とツイッターに記した。

なお、リュディガー選手は自身が生まれたベルリンのシャリテ病院の看護師の三カ月分のケータリング費用を負担したり、母親の母国であるシエラレオネに六万枚のマスクを配布する援助もしている。

「99歳の退役軍人のトム・ムーアさんが、新型コロナウイルスのための募金の戦いをし、NHS（国民保険サービス）に寄付するため1万ポンド（約134万円）以上集めました。彼は木曜日までに、自宅の25メートルの庭を歩行器を使って100周することを目標にしています。……」

ソフテル・アップデーツのツイッター（2020年4月14日）

庭を一〇〇周する歩行募金で五四億円集めた一〇〇歳の元大尉

イギリス東部のベッドフォードシャーで暮らすトム・ムーアさんが、新型コロナの感染者の治療に奔走するNHS（国民保険サービス）に寄付を呼びかけたところ、最終的に一五〇万人超から四〇〇〇万ポンド（約五四億円）近い寄付金が集まった。

かつて股関節を骨折した際、また皮膚ガンの治療でお世話になったNHSに恩返ししたいというのが、募金をはじめた動機だった。

一九二〇年四月三〇日、ウェスト・ヨークシャーのキースリーで生まれたムーアさんは、二〇歳のときに軍隊に志願し、ウェリントン連隊の第八大隊に入隊。のちに大尉まで昇格し、キャプテン・トムの愛称で親しまれた。第二次大戦ではインドへ配属され、旧日本軍とのビルマの戦いに参戦したこともある。

そんな経歴をもつムーアさんが、一〇〇歳の誕生日を目前にして、二五メートルほどの自分の庭の一角を一日五往復、合計一〇〇往復することを条件に、募金を募った。

しかし高齢のムーアさんの足どりはおぼつかなく、普段歩くにも歩行器が必要で、彼にとっては大きなチャレンジだった。

当初は、誕生日までに一〇〇〇ポンド（約一三万四〇〇〇円）の寄付を集めるのが目標だった。だが、まもなく目標は五〇〇〇ポンド（約六七万円）、五〇万ポンド（約六七〇〇万円）へと引き上げられた。

特にBBCのラジオ番組に出演してから寄付は激増し、誕生日の当日にはなんと三〇〇〇万ポンド（約四二億円）に達した。このとき英王室のウィリアム王子とキャサリン妃までもが寄付。誕生日を祝して、王室空軍機のホーカーハリケーンとスピッツファイアが、ムーアさんの自宅の上空を飛び交った。

寄付金は、NHSスタッフの体調管理、休憩室、入院患者が家族と連絡をとるための電子端末、退院後の地域ケアなどに使われるのだという。

マスコミから取材を受けたムーアさんは、こんなに寄付が集まるとは思いもよらなかったと驚きの表情を浮かべながら、次のように語った。

「私たちは彼ら（NHS）の努力に対し、完全な評価を与えなければいけません。私たちは、いま戦争をしているような状況です。医師と看護師は全員、最前線で戦い、私たちは後方にいます。私たちは彼らがよりよく働けるように必要なものを補給してあげなければなりません」

ムーアさんは募金するにあたって、チャリティーソングを吹きこむことにした。曲はサッカークラブの名門リバプールFCの愛唱歌でもある「ユール・ネヴァー・ウォーク・アローン」(「人生ひとりではない」)。これに賛同したミュージカルスターのマイケル・ボールさんが、ムーアさんとコラボした。

当時、全英音楽シングルチャート一位だったザ・ウィークエンドが、ツイッターに「ムーアさんの曲を一位にしてあげてください」と書きこんだことも後押しして、見事、初登場で一位を獲得。最年長シンガーとしてギネスに登録された。もちろん、チャリティー・ウォークで集めた寄付金額もギネス最高記録であることは言うまでもない。

七月一七日、ウィンザー城でエリザベス女王からナイトの称号が授けられ、「キャプテン・サー・トマス・ムーア」となった。これはナイトの爵位を与えてほしいと、八〇万人を超える国民が政府にオンライン請願したことで実現したものだった。

エリザベス女王にとっては、三月に自己隔離してから初の公務となった。こうしてムーアさんは、イギリスでエリザベス女王の次に有名な人とまで言われるほどになった。

九月になって、ムーアさんは自伝『明日はきっといい日になる』を出版。自身の幼少期、オートバイに夢中になった思い出、戦争体験などを綴った。

二〇二一年一月三一日、ムーアさんは新型コロナウイルスに感染したことがわかり、地元のベッドフォード病院に入院。それからまもない二月二日に息を引きとった。

生前、葬儀ではフランク・シナトラの『マイ・ウェイ』を演奏してほしい。墓石には、有名なコメディアンのスパイク・ミリガンの「病気だって言っただろ」という言葉をもじって、「年をとったと言っただろ」と刻んでほしいと言い残していた。

「この国が少し厳しい時期に置かれていることは間違いありません。しかし、いつかは終わります。よい方向に向かっていきます。誰もが物事の明るい面を見て、これからよくなると思ってほしい。必ずそうなるはずです」

一〇〇歳の誕生日に名誉大佐の称号を授かり、天寿を全うしたムーアさんの力強い慈愛に満ちた声が、聞こえてくるようだ。キャプテン・サー・トーマス・ムーア、どうかゆっくりとお休みになってください。

ベルギー

「ドクター・レームポエルスは75歳で退職して、現在103歳になります。一般開業医としてのキャリアをもつドクター・レームポエルスは、このコロナ禍の時代にじっと座っていることはできませんでした。……」

ドクター・レームポエルスのフェイスブック（2020年6月1日）

一〇三歳の第二のキャプテン・トム現わる

今度はキャプテン・トムに触発された一〇三歳のベルギーの元開業医が、募金集めに立ち上がった。

首都ブリュッセルの北東にあるロツェラール市で暮らすアルフォンス・レームポエルスさんは、二〇二〇年六月一日から一カ月かけて、自宅の庭を毎日一〇周することを決意。朝に三周、正午に三周、夕方に四周と、規則正しい散歩だ。なかなか立派な庭は一周一四五メートルもあり、庭というより森林といった風情がある。

アルフォンスさんが募金集めにのり出したのは、自分の子どもたちから〝キャプテン・トム〟と同じくらい歩けるだろう、なにかしたらどうかと言われたからだった。

そして一カ月かけて四二・一九五キロ歩くことで募金を募り、新型コロナウイルスの治療法を研究している、近くのルーバン大学附属病院に寄付することにした。そうした功績が認められて、ロツェラール市から名誉市民の称号が与えられた。

日本

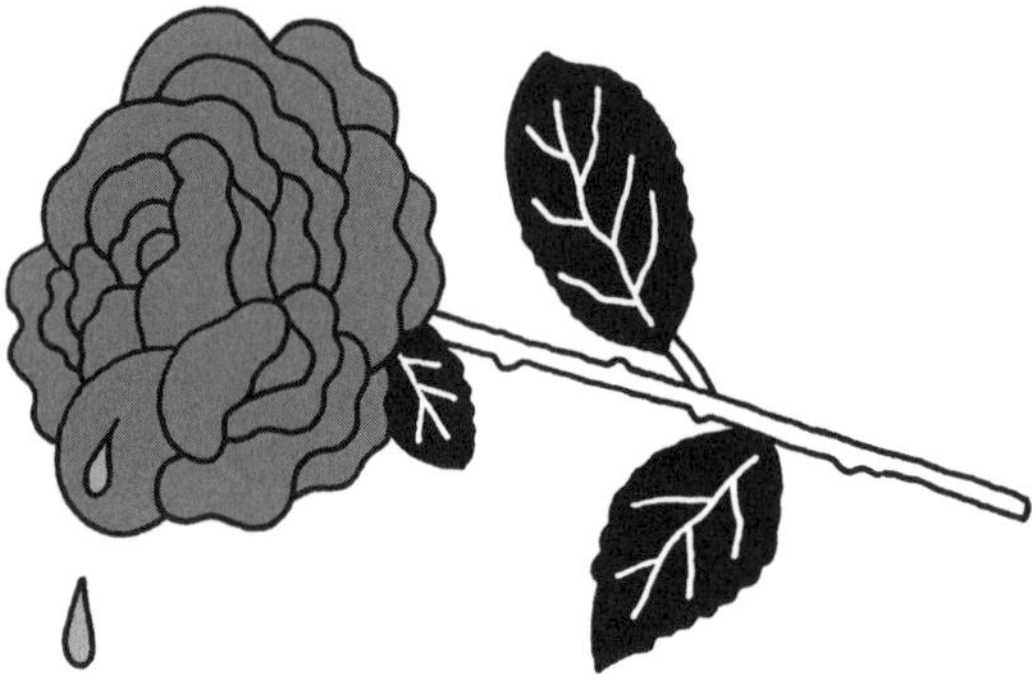

「7月1日の「毎日新聞」朝刊にROSE LABOの新製品『ローズバリアスプレー』が掲載されました」

ROSE LABO株式会社のフェイスブック（2020年7月2日）

食用バラからマスクスプレーを開発

最近、農薬や化学肥料を使わない「食べられるバラ」を見かけるようになった。バラはビタミンA・ビタミンC・ポリフェノール・食物繊維などを含有するため、美容と健康に効果がある。

どのように食するかというと、サラダやゴマ和えにしたり、天ぷらにして揚げたり、スープに浮かべてもいい。また、お店などではケーキにのせたり、ババロアやゼリーに入れて固めたり、ジャムにしたりと、さまざまな用途がある。

二〇二〇年七月、〝食べられるバラで美しく、健康に、幸せに〟というコンセプトを掲げる「ROSE LABO（ローズラボ）」（埼玉県深谷市）が、『ローズバリアスプレー』を発売。これは手指を清潔に保つことができるマスクスプレーで、敏感肌の人にもやさしい天然由来成分一〇〇％を使用。爽やかなバラの香りが、息苦しいマスクをリフレッシュしてくれるコロナ禍でのヒット商品だ。

テレビや新聞各紙がこぞって紹介したこともあって、『ローズバリアスプレー』の累計販売数はまもなく二万本を突破（二〇二一年二月）。

だが、この商品が注目されたのは、コロナ禍の最悪の状況下、フラワーロスをなくすために開発されたことにあった。

同社では年間二七万輪のバラを収穫し飲食店などに販売していたが、飲食店の営業自粛で売り上げが激減。しかも、同年五月一〇日の母の日の直前に緊急事態宣言が発令されたことで、母の日のイベントは軒並みキャンセルされ、この日にあわせて丹念に育てあげたバラは行き場を失ってしまった。

一時は廃棄することも考えたが、深谷市市役所をはじめ周囲の人々に支えられ、「この食用バラで社会のためになる商品を作ろう」と考え直し、まずは新鮮な食用バラを「ローズウォーター」と「ローズエキス」に加工。そこから新商品『ローズバリアスプレー』の開発にこぎつけた。発売後、お世話になった市役所には、お礼として『ローズバリアスプレー』一〇〇〇本を寄付。

また、『ローズバリアスプレー』は、月刊誌『&ROSY』（宝島社）のベストコスメ2020「ウェルネス編トピック9癒しグッズでストレス軽減」内でベストコスメに選ばれている。

「全国の愛犬家の皆様へ♪

低温加熱調理で柔らかく仕上げ、調味料や添加物は一切使っておらず、かつ猪肉本来の栄養素はそのまま閉じ込めました。

普段与えているドッグフードに混ぜ込んで、栄養補填食としてもお使い頂けます」


ワンコメシ・ドッグフードのインスタグラム（2020年11月10日）

ジビエ肉を使った手作りドッグフードが大好評

コロナの影響で観光業や外食産業をはじめ、さまざまな職種の会社が深刻な打撃を受け、企業はどこも生き残りをかけて新たな挑戦を模索している。

そんな中、農業法人淡路アグリファーム（兵庫県南あわじ市）が、主に鹿肉・猪肉を原料とした手作りのドッグフード「マウンテンズギフト」を販売。発売からわずか四カ月で、累積六万食を突破した。

主原料のジビエ肉は高たんぱく質・低脂肪で、ほかにビタミンB群や鉄分も多く含まれている。副原料には、淡路産の自然農園の野菜、徳島産の鳴門《なると》金時《きんとき》（さつまいも）、国産のかつお節・ゴマ・青のりなど、選《え》りすぐりの素材が使われている。犬も健康志向に入ったというわけだ。

ジビエ肉が注目されるようになったのは、近年日本で鹿や猪などの野生動物が田畑を荒らしたり、農作物を食べたりする被害が頻発《ひんぱつ》したからだ。淡路島でも、毎年八〇〇〇万円前後の被害にあい、中には仕事の意欲を失って耕作放棄する農家も出るなど、大きな社会問題になっている。この問題を解決しようと、淡路アグリファームは島内初のジビエ専用の食肉処理施設を構え、ドッグフードの製造・販売に乗り出した。

その背景には国が野生動物の利用を後押ししているほか、一般社団法人日本ジビエ振興協会でも捕獲された鹿や猪を廃棄せず、飲食店でジビエ料理を提供したり、加工品を開発・販売するなどの有効利用に取り組んできた。

そんな努力が実を結び、ジビエ料理は次第に普及したが、新型コロナの影響で飲食店は休業や時短営業をしいられ、ジビエの消費は落ちこんでしまった。

かたや、新型コロナは空前のペットブームを巻き起こし、ペット業界は活況を呈している。二〇二〇年度のペット関連の総市場規模は、一兆六二四二億円と見積もられた（矢野経済研究所／二〇二一年二月発表）。

また、二〇二〇年の犬の推計飼育頭数はおよそ八四八万九〇〇〇匹、猫は九六四万四〇〇〇匹だった（全国犬猫飼育実態調査）。前年比で犬が一四%、猫が一六%増加した理由としては、テレワークの普及で自宅にいる時間が長くなったことや、コロナ禍の不安定な生活下、ペットに癒しを求める人が増えたことなどがあげられる。

また、アグリファームの「マウンテンズギフト」に続けとばかりに、埼玉県秩父市のジビエ料理が評判の日本料理店が、天然の猪肉を使ったレトルトパックの「ワンコメシ」を売り出した。秩父の板前さんが長年の知識と技術を活かしたドッグフードで、犬にも愛犬家にも人気は上々だ。

ルーマニア

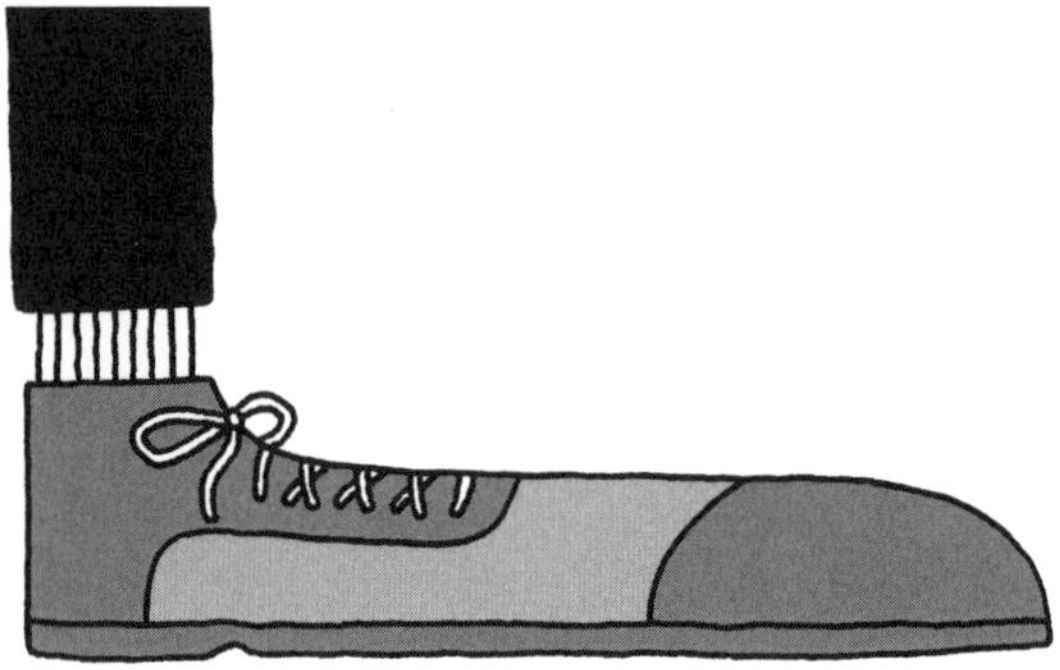

「ソーシャルディスタンスを助けるサイズ75の靴が発売されました」

英『テレグラフ』紙のユーチューブ（2020年6月2日）

ソーシャルディスタンスを保つ特大サイズの靴を考案

ルーマニア第二の都市クルジュ＝ナポカ市の靴屋が、コロナウイルスの感染予防に配慮して製作した特大の靴が話題を呼んでいる。

一六歳で親方に弟子入りして以来、靴職人歴四〇年のグリゴル・ラップさん。コロナ以前は、オペラハウスや劇場、民族舞踊団などから注文を受け、仕事は繁盛していた。ところがコロナ以降、公演がキャンセルとなったことで靴の注文は途絶えてしまった。

ある日、市場へ苗を買いに出かけたところ、誰もソーシャルディスタンスに注意を払わず、平気で近寄ってくるのが気になった。そこで思いついたのが、先をなが～くしたヨーロッパサイズ七五（約六〇センチ）の靴だ。この靴を履いた人同士が、つま先がぶつかりあわないように向きあうだけで、自然と約一・五メートルのディスタンスが保てる。

ラップさんはコロナ感染の第一波では、春夏用のジャンボ靴を製作。また、第二波では冬用ブーツにとりかかった。一足のブーツを作るのに丸二日もかかるうえ、材料の皮は通常の三倍の約一平方メートルも必要となる。それでも、値段は五〇〇レイ（約一万二〇〇〇円）ほど。

このコロナ対策用の靴が、世界のメディアで取りあげられたお陰で、ベルギーの舞踊団やアメリカのロックバンド、あるいは単に足が大きすぎて市販の靴では用をなさない人々からも注文が入るようになった。

チェコ

「人生、最良のデザート。これはアンチウイルスと呼ばれています。目と舌のオルガニズム」

カフェ「ブラック・マドンナ」のインスタグラム（2020年9月6日）

新登場のコロナウイルス・ケーキが評判

チェコ共和国の首都プラハは、中世の街並みが現代に息づくユネスコ文化遺産の街だ。ヴルタヴァ川から望むプラハ城は一幅の名画のようで、世界中から年間約七〇〇〜八〇〇万人の観光客が押し寄せる。

しかし、二〇二〇年春にパンデミックの影響で国境が閉ざされると、観光客でごった返していた〝百塔の街〟はゴーストタウンと化した。

そんな中、プラハのカフェ「ブラック・マドンナ」でコロナウイルスを模したケーキがお目見えした。ビスケットを土台にした丸いボール型のケーキの中味はピスタチオやラズベリーのピューレ。チョコレート&ココアパウダーでコーティングされた表面には、ホワイトチョコの斑点とドライ・ラズベリーの突起があしらわれている。

そんな奇抜なケーキが評判となり、一日約一〇〇個を売り上げるヒット商品となった。考案者のオリガ・ブドニクさんは、ステイホーム中にインターネットでコロナウイルスの写真を見てアイデアが浮かんだという。だが、コロナ型のケーキには批判がでることも十分予測できた。それでも、店の窮状を救うための賭けに出たのだ。「コロナなんて食ってしまえ！」がメッセージなのだという。

ところでカフェの名称は、一九一二年にチェコ独特のキュビズム様式で建てられた「ブラック・マドンナ・ハウス（黒い聖母の家）」からとっている。このカフェが入る建物の外壁角にあって下界を見下ろす黒い聖母像は、まるでコロナ禍に苦しむ人々の平安を祈っているかのようだ。

「世界で最も高価な新型コロナウイルスのマスク：純粋な18金プラチナ製です……」

WION のフェイスブック（2020年8月10日）

世界一高価なマスクは一億六〇〇〇万円！

イスラエルのブランドジュエリー・イヴェル社が、世界一高価なマスクを受注、製作した。

社長でジュエリー・デザイナーのイサク・レヴィさんによれば、発注者はアメリカで暮らす上海出身の億万長者のビジネスマンで、美術品のコレクターでもあるという。

レヴィさんが富豪から課せられた三つの条件とは、「①FDA（アメリカ食品医薬品局）の認証があり、しかもNIOSH（アメリカ労働安全衛生研究所）N99規格（ウイルス捕集効率九九パーセント以上）であること。②（二〇二〇年）一二月三一日までに仕上げて届けること。③世界一高価であること」だった。

K18のホワイトゴールドの土台の上に、約三六〇〇個の天然の黒ダイヤと白ダイヤを散りばめ、値段は一五〇万ドル（約一億六〇〇〇万円）。実際、内側に使い捨てのN99規格の高性能フィルターを装着して、マスクとしても使用できるという。

アメリカ

「“タコベルのジョー” の愛称で知られ、地元で愛される『タコベル』の従業員が、支援者から6095ドルのお金を受け取った」

CNN フィリピン支社のフェイスブック（2020年12月27日）

七〇歳の名物店員に六〇九五ドルのチップ

アメリカ・フロリダ州のトリシア・フィリッピさんは、コロナ禍で経済的な痛手を受ける飲食業界で働く人を応援しようと考えた。そこで、飲食店の従業員を支援するフェイスブックのグループを立ち上げ、自らは五〇ドルのギフトカードを贈るキャンペーンを企画した。地元の人々に、どこの飲食店の誰に寄付したいか推薦を募ったところ、圧倒的な人気を集めたのが、ファストフードチェーン大手「タコベル」従業員のジョー・デチッコさんだった。

「タコベル」は、一九六二年にカリフォルニア州で創業した〝メキシコ風ピザ〟タコスなどを中心としたカリフォルニア風メキシコ料理の軽食を提供するフランチャイズ店。全米各地に三五〇〇店舗、世界三〇カ国に進出、日本にも一一店舗展開する大手ファストフード企業だ。

デチッコさんは、地元の「タコベル」のドライブスルーで二〇年以上働く七〇歳のベテランで、お客様にはいつも笑顔で「フレンド！」と声をかけ、常連さんには名前で話しかける。そんなわけで誰からも〝タコベルのジョー〟という愛称で親しまれていた。

フィリッピさんが寄付を募ると、たった数時間で目標の三〇〇ドルをクリア。わずか数日で三〇〇人を超える支援者から集まった、合計六〇九五ドル（約六四万円）の寄付金が贈られた。

「これもお客様のおかげです。皆さんが、私の中にある最高の自分を引き出してくれました。皆さんの助けなしでは不可能でした」、「今後も最善を尽くし、私が出会うすべての人の心に明るい小さなロウソクをともします」とデチッコさんは喜びを語った。

「89歳のダーリン・ニューウィーさんはピザの配達員で、今日サプライズ配達を受け取りました。彼がピザの配達をすることで知るようになった夫婦は、彼を助けるために1万2000ドルを集めました。彼はこのことをまったく知りませんでした。全ストーリーは、今夜6時から@KSL 5TVで放送されます」

アレックス・カブレロ　@KSL 5TV（2020年9月23日）

ピザよりも配達員さんが好き！　一万二〇〇〇ドルのチップ

アメリカの飲食店調査会社データセンシャルの調査（二〇二一年四月一日）によると、前年春の新型コロナウイルスのパンデミック以降、飲食店の一〇・二パーセントが閉店した。逆風下、デリバリーが発達しているピザ業界は、早くからコロナ禍の勝者と言われた。しかし、業界全体では大幅に減収。そんな中業界四位のパパジョンズは売り上げを伸ばしたが、その陰には地域で信頼されるまじめなピザ配達員の姿があった。

カルロス・バルデズさんは、いつも「パパ・ジョンズ」からピザを注文していた。だが、それはここのピザ以上に配達員のダーリン・ニューウィーさん（八九歳）がお気に入りで、注文するときはきまって彼を指名していた。

ある日、配達の様子を動画投稿アプリのティックトックで配信。呼び鈴が鳴ると、「こんにちは、ピザをお求めですか？」といつものお決まりのあいさつをし、にこやかにピザを渡して去っていく。そんな謙虚なニューウィーさんは、たちまち人気者となった。

そのうち「なんでこんなお年なのに、配達の仕事をしているの？」と、心配する声が聞かれるようになった。ニューウィーさんは、年金だけでは暮らしていけないので、週に三〇時間ほど働いていたのだった。

そこでバルデズさんは一計を案じ、約五万三〇〇〇人のティックトックのフォロアーに向けてニューウィーさんへの募金を呼びかけた。すると、ある人は一ドル、ある人は一〇ドル、二〇ドルとたくさんのフォロワーから善意の声と寄付が続々と集まってきた。

ある日、バルデズさん一家はニューウィーさん宅をサプライズで訪ね、募金された一万二〇六九ドル（約一二〇万円）を手渡した。カードには、「ティックトック・ファミリーより」と記されてあった。

最初は、いったいなにが起こったのか事態を把握できずに「もらえないよ」と固辞していたニューウィーさんも、バルデズさん一家から「あなたのものなんですよ！」、

「（フォロワー）みんながあなたのことが好きなんです！」と言われ、顔を涙でくしゃくしゃにしながら「ありがとうしか言葉がない。なんと言っていいかわからない」と声を詰まらせた。

この様子は、ＣＮＮ系列のローカルニュースでも報じられた。

「『パンダミック　パンダ』：フランクフルトのレストランのオーナーは、『パンデミック』という言葉遊びで、テーブルを100匹のぬいぐるみのパンダで埋めることで、ドイツのロックダウンに抗議している」

ロイターのツイッター（2020年11月25日）

パンデミックにパンダのぬいぐるみで抗議するレストラン

欧州中央銀行、ドイツ連邦銀行、フランクフルト証券取引所などが集まる、国際金融の中心地フランクフルト。高層ビルが立ち並ぶ大都会の中にあって、イタリアン・レストラン「ピノ」は落ち着いた石畳の小路に店を構える。

二〇二〇年一一月二五日、一日の感染者数が二万人以上の日が続いたことを受け、メルケル首相は一一月二日から実施していた部分的ロックダウンを一二月二〇日まで延長することを発表。この間、閉店を強いられ、再開を心待ちにしていた矢先の延長宣言に、がっかりしたレストラン・ピノのマネージャーはささやかな抗議を行った。

そのデモンストレーションとは、店内のすべてのテーブルに一〇〇匹のパンダのぬいぐるみを座らせることだった。約九〇センチの小さな子どもくらいもあるパンダには、何種類かのオリジナル・ピノTシャツを着せた。

英語のメニューを見るもの、隣に座る連れと会話するもの、向かいあって腰かけるカップル、四人掛けでゆったりくつろぐ家族。バー・カウンターには、コロナビールを飲んでいるパンダもいる。誰もが食事を楽しむお客のように、それぞれの役柄が与えられ、普段と変わらぬ生活を演出している。

このレストランの動画は、たった三日で世界中を駆け巡った。また、レストランには二四時間照明が点《つ》けられ、通りすがりの市民はガラス越しにパンダで満席になった店内を眺めることができた。

自慢の料理をパンダの前に運ぶマネージャーのジョゼッペ・フィチェラさんは、「パンデミックならぬパンダミックです」と言ってほほ笑んだ。

最初はテディベアにしようかと思ったが、〝パンデミック〟にはパンダの方が語呂がいいと思い、パンダのぬいぐるみにしたのだという。

「無言の抗議ながら、お客様に楽しんでもらえたら」とフィチェラさんは語る。

また、パンダは役目が終わったら一頭一五〇ユーロ、Tシャツは二五ユーロで購入できるというキャンペーンが、地元のサイトで紹介された。

なお、ロックダウン中は、ハンバーガー、ピザ、パスタなどをテイクアウトして急場をしのいだが、のちに営業を再開。入店するにあたっては細心の注意が払われ、お客はコロナに感染していないという証明書、あるいはワクチンを二度接種したという証明書の提示が求められる。

「私たちは涙でいっぱいでした。これは、お店を維持できるように助けてくれた1000ドルのカスタード・ドーナツです。なんてありがたいことでしょう！」

「トレモント・グッディ・ショップ」のフェイスブック（2020年4月20日）

ドーナツ一個に一〇〇〇ドルお支払い!

アメリカは、オハイオ州のエピソード。州の名前は、ネイティブアメリカンのイロコイ族の言葉で「美しい川」あるいは「偉大な川」という意味から派生している(所説あり)。その由来の通り、州は北アメリカの五大湖のひとつエリー湖に接する肥沃な土地で、穀倉地帯としても知られている。

この地で一九五八年に創業したベーカリー「トレモント・グッディー・ショップ」は、パンだけでなく、要望に応じたメッセージやデザイン入りのクッキーやケーキを提供する店だ。

色とりどりのかわいい手作りのオリジナル商品が評判だが、母親と妹と店をきりもりする共同経営者のエミリー・スミスさんは、特に香り豊かなシナモン・スティックパイがこの店の自慢だと笑顔で語る。

ところが二〇二〇年、コロナ禍の影響でテイクアウトとデリバリーのみの営業となり、売り上げが三分の一にまで落ちこんでしまった。そんなある日、五〇年近くこの店に通う常連の男性客が、ドーナツ一個に一〇〇〇ドル（約一〇万八〇〇〇円）支払いたいと申し出た。

スミスさんは、「私は泣いて話せませんでした。そうしたら『（一〇〇〇ドル支払って）いいですね』と言ってくれたんです」と回顧する。

実はこの男性は、元々よく買いに来ていたが、しばらく店に姿を現していなかった。それはコロナ禍の外出自粛や感染したためではなく、ダイエットが理由だった。だが、数々の店が経営破綻する現状を見て、もしこの店がなくなったら、と考えるといたたまれなくなったという。

「どうしても、あなたたちを応援したいと思って……」と一〇〇〇ドルの理由を語ってくれた。男性にとって、この店は日常の中で憩いと安らぎを与えてくれる場所だったのだ。一〇〇〇ドルと温かな言葉をもらい、スミスさん家族はみんなで涙した。同時に、なんとしても店をやっていこうと深く決意したのだった。

この心温まるエピソードは、CBS系列ローカル局WBNS、『フォックス・ニュース』、『トゥデイ』（二〇二〇年四月一六日）などで報道された。

スペイン

「非常事態においてはペットを連れて短い散歩をすることは認められています。ただし、ティラノサウルスは対象外です」

ムルシア州警察のツイッター（2020年3月16日）

非常事態下のペットの散歩はOK、でも恐竜はNG！

二〇二〇年三月一四日、新型コロナウイルス拡大の影響を受けて、スペイン全土で非常事態が宣言された。これによって、食料や医療品などの生活必需品の購入、通勤、通院、介護などを除いて、不要不急の外出が厳しく制限された。

スペイン南東部のムルシア州もその例外ではなく、どこもシーンと静まりかえってゴーストタウンのようだった。そこへ突如、一匹の大きな赤い口を開けたティラノサウルスが現れた。

この非常事態宣言下の街をゆうに二メートルはありそうな茶色の着ぐるみを着た男性が街を徘徊する動画が公開されると、わずか三日後に四九〇万回以上も再生された。だが、これには何種類かの似た動画がある。

最初の動画は、どこからともなくティラノサウルスが自転車をこいでやってくる。傍らに自転車を停めて、カゴの中から白い袋をつかんでゴミ箱の横に置くと、さっと自転車にまたがり、しっぽを引きずりながら走り去るというもの。

第二の動画は、ティラノサウルスが右手に黒い大きなゴミ袋をさげて、左右に体としっぽを揺らしながら、ヒョコヒョコとゴミ箱へと歩いて行く。左脚で器用にレバーを踏んでゴミ箱のフタを開けると、反動をつけてゴミ袋を一気に投げ入れる。そして、目的を達したティラノサウルスは小走りに家路へと向かう。

しかし、バズったのは第三の動画だ。ティラノサウルスが軽快なステップを踏みながら歩いていると、パトロール中の警官から呼び止められ職務質問される。とうとう男性は着ぐるみから顔を出し、身振り手振りでなにやら説明している。ゴミ出しの帰りだと弁明しているらしい。幸い、警官は罰金を徴収しなかったが、ティラノサウルスはしょんぼりと肩を落として帰っていった。

だが、問題はほかにある。この動画をツイッターにあげたのは、なにを隠そうムルシア州の警察だった。そして動画には、前掲の非常事態においてはペットの散歩は許されても、ティラノサウルスはNGというメッセージが記されていた。

しかも、動画のBGMは映画『ジュラシック・パーク』のテーマソングという気の入れようだ。さすがは明るいラテン気質の警察だけのことはある。

オーストラリア

「素晴らしいゴミ出し写真・動画を共有させてください。ありがとう。笑いは最高の薬であることを忘れないでください。#binisolationouting」

ビクトリア・アンソニーさんのインスタグラム（2020年4月7日）

ロックダウン下のおしゃれなゴミ出し写真が大ヒット

オーストラリアのシドニーで暮らすビクトリア・アンソニーさん（三〇歳）は、おしゃれにドレスアップしてゴミ出しする写真にハッシュタグ（#binisolationouting）を添えてインスタグラムに投稿した。自宅待機を強いられ、なにかとストレスがたまるロックダウンの最中、おしゃれしてゴミ箱をがらがら外に出すとハッピーな気持ちになったからだ。

そんな一見意味のないような行動は、同じ境遇でうんざりしていた人々の共感を得た。まるでオペラ鑑賞にでも出かけるようにドレスアップしてゴミ箱を出す様子を投稿する人たちの輪が、オーストラリアから米国テキサス州、イギリス、オランダを経由して世界中へと広がった。

ここで欧米やオーストラリアのゴミの回収システムを説明しておこう。街中には大型のゴミ回収コンテナが常設されている。所によって各家庭には滑車のついたプラスチック製の縦長の小ぶりのコンテナがあって、ゴミの回収日に家の前の道路脇に出すことになっている。

ビクトリアさんの写真に刺激されて投稿された作品は一四〇〇件を超える。オリジナリティーあふれる写真や動画は次第にエスカレートし、ハロウィンの仮装まがいの作品もかなりある。

その中には、テディベアやティラノサウルスの着ぐるみを着てゴミを出す人。バットマンの衣装をつけたお父さんが、幼い子どもの手をひいてゴミ出しする動画。スパイダーマンに扮した男性が、ゴミ箱のそばの家の外壁によじ登る写真。そのほかスターウォーズあり、ガンダムあり。

また、癒し系の犬や猫が登場する投稿では、ペットがなにかしら役割を演じている。たとえば、大型犬のグレートデンを馬に見たてて、自らはゴミ箱の馬車にのる女性。緑色のゴミ箱をひく赤と白の衣装を着たサンタクロース姿の女性のそばで、角をつけたトナカイに扮した愛犬というふうに。

きれいどころでは、ウェディングドレスをまとった女性がバギーカーに乗ってゴミ箱をひく写真や、ゴミ箱のフタの上にシャンパンボトルをのせ、数十年ぶりに結婚式の衣装をつけた熟年夫婦がキスするハッピーな瞬間も収まっている。

物語風の作品には、魔女に扮した女性が魔法の杖から発する光線でゴミ箱を空にもちあげている写真。赤い裏地の黒いフロックコートを粋に着こなすドラキュラ伯爵が、むっくり起きあがってゴミ箱を押していく動画もある。

そのほかセクシーなものでは、マリリン・モンローのように風にふわりとスカートの裾をなびかせてゴミ出しする女性。三つ並べたゴミ箱の上に寝そべって、妖艶なポーズをとる女性もいる。さらに首に十字架をかけたシスターが、黒い修道服ながらミニスカートにハイヒールを履いて、ゴミ箱の前で悩ましいポーズをキメているもの。きわめつけは、黒いベルトと時計だけはめた恰幅《かっぷく》のいい男性が、全裸でゴミ箱の横に後ろ向きで立っているものまで……。

どれもコロナ禍の鬱々とした気分を吹き飛ばすユニークな傑作ばかり。まず自分自身が楽しむことで、他人を喜ばせることができる。愉快なゴミ出し投稿は、その後も増え続けた。

ニュージーランド

「セオドア・ベアとルドルフは休日にオパワ図書館に出かけます。彼らは明日、オパワスクールの子どもたちが図書館を訪れるのを楽しみにしています。……」

「セオドア・ベアとルドルフ」のフェイスブック（2020年12月9日）

ニュージーランドの首相もやっている「テディベア・ハント」

家々の窓ごしに、クマのぬいぐるみが通りを向いて座っている。この通りにも、あの通りにも。ひとりで読書するクマ、楽しそうに語らうクマのカップル、お父さんとお母さんと三匹の子グマが一家団らんを演じている光景も見られる。

ぬいぐるみの無垢な視線を感じると、なぜかウツウツした気分は晴れて、別のぬいぐるみを探しに、もう少し足を延ばしてみようかと冒険心が芽生える。新たなクマを発見したときの喜び。しかもクマが愉快なパフォーマンスを見せていたら、もうそれだけで一日が楽しく過ごせる。

一般に、この「テディベア・ハント」はロックダウン下の子どもたちを励ますために、ニュージーランドではじまったと言われる。

ニュージーランドでは、二〇二〇年三月二六日に一回目のロックダウン（レベル四）が施行された。学校は閉鎖、海岸や遊具場も立ち入り禁止となって、子どもたちは退屈な生活にうんざりしていた。

そんなとき、少しでも子どもたちを喜ばせたいと、自宅のアパートの窓際に一匹のクマのぬいぐるみが置かれた。ぬいぐるみの数は五匹、一〇匹、二〇匹……と増えて、中には七〇匹ものぬいぐるみが大きな窓をふさいでいるような家まである。

しかも、ぬいぐるみは家の中から庭へ出て、手作りのオブジェといっしょにさまざまなストーリーを演じている。圧倒的な数を誇るクマに混じって、犬や猫、時々アライグマやナマケモノなどが顔をのぞかせる。

こうして、アーダーン首相までがウェリントンの首相官邸に待機している間、窓にクマのぬいぐるみを置くほど、ニュージーランド国内に浸透した。

この話題はBBC、『タイムズ』紙、『ニューヨーク・タイムズ』紙などで取り上げられたこともあり、「テディベア・ハント」はオーストラリア、アメリカ、イギリス、フィンランド、アイスランド、オランダ……。そして、日本でも見られるようになった。

そんな国々では、「テディベア・ハント」を推進するいくつものグループが、SNSを通じて積極的に活動している。そのうち本家本元のニュージーランドには、約二万四〇〇〇人のフォロワーをもつ「ニュージーランド・ベアー・ハント（NZ Bear Hunt）」がある。

このサイトでは、クライストチャーチ市郊外のオパワに住む〝テディベア・ハントの先駆け〟とも言えるドハティさんの家族を紹介している。

ロックダウンがはじまる前日、娘のエマさんは三〇通りほどのぬいぐるみの飾りつけのアイディアを考えついたという。そして、エマさんはセオドア・ベアとルドルフという名前のぬいぐるみが、薪割り、ピクニック、カヌー、車の洗浄、ボードゲームなどをする姿をアレンジした。これを母親のスーザンさんが、フェイスブックとインスタグラムで発信。すぐに楽しい写真は話題となって、隔離生活している人々をほっこりした気持ちにさせた。

セオドア・ベアとルドルフの写真は、『ニュージーランド・ポスト』紙が企画したクマのコンテストで優勝し、ニュージーランドの記念切手にもなった。

のちに、『セオドア・ベアとルドルフの冒険』としてまとめた本も出版され、その収益金はクライストチャーチ市のミッションフードバンクに寄付された。

フランス

「私は長さ７メートル、幅１メートルのバルコニーを約７時間かけて走りました（多くの人が、6000往復になると計算したことでしょう）。私は外に出て家の周りを走る選択肢もありましたが、もしみんながそうしたら、戸外は人であふれてしまうから……」

エリーシャ・ノチョモヴィッツさんのフェイスブック（2020年3月17日）

七メートルのバルコニーでフルマラソン

フランスでは、二〇二〇年三月一七日から五月一一日にかけて最初のロックダウンが施行された。大手スーパーマーケット、パン屋、薬局以外はすべて閉鎖。また、特別外出許可証のある市民以外は外出禁止となり、厳しい自宅隔離生活を強いられた。

そんな窒息しそうな重苦しい雰囲気が漂うなか、〝エスプリの国〟フランスの面目躍如を果たすようなニュースが世界を駆け巡った。

南フランスのバロマ市で暮らすエリーシャ・ノチョモヴィッツさん（当時三二歳）は、ロックダウンのため勤務するレストランが休業となり、一時帰休の身となった。また、これまでに三六回もマラソン大会に出場。だが目前に参加を予定していたバルセロナ・マラソンは中止となった。

しかし、ロックダウンの初日、彼は不屈の執念をもって自宅のベランダでフルマラソンに挑んだ。ベランダはわずか七メートルほどの長さで、しかも人がひとりようやく通れるくらいの幅しかない。

　そこでランニングウェアに身を包んエリーシャさんが、ベランダを行ったり来たり、軽《かろ》やかにターンを繰り返した。途中、恋人がコーラやチョコレートの差し入れで激励。ランニングウォッチに何度も目をやりながら、超単調なコースをもくもくと走り続けた。こうして六時間四八分かけて、ついに四二・一九五キロを走破した。

　エリーシャさんはこのタイムに満足しているという。なぜなら、時間をつぶすことが目的でもあったからだ。そうは言いながらも、ベランダ・マラソンはこれまで経験したことがないような厳しいものだった。

　だが、そんな過酷なフルマラソンを敢行したのは、フランスのパンデミックと戦う医療従事者に自分の挑戦を捧げたいと思ったからだった。

「私たちはやりました……彼女にとって最初のマラソンでした。こういうバカげたことに愛情をもってサポートしてくれたことに感謝します……おつきあいいただきありがとう」

コリン・アレン（@collinallin）さんのインスタグラム（2020年3月28日）

バルコニーで夫婦がフルマラソンinドバイ

フランスで成しとげた偉業は、アラブ首長国連邦のドバイにも飛び火した。

南アフリカ共和国出身のコリン・アレンさんと妻のヒルダさんが、そろって自宅のバルコニーでフルマラソンに挑んだのだ。しかも、その走りをオンラインでストリーミング配信することで、たくさんの視聴者に感動を与えた。

三月二八日の夜明け、一〇歳になる娘のジーナさんのスタートの合図でベランダ・マラソンの火蓋は切られた。その後も、ジーナさんは方向転換の指示、水やスナックの補給、音楽をかけて元気づけるなど両親を励まし続けた。

こうして、約二〇メートルのバルコニーを二一〇〇回以上も往復し、五時間九分三九秒のタイムで完走。ヒルダさんにとっては、人生はじめての感慨深いフルマラソンとなった。

コリンさんはマスコミへのインタビューで、誰もがコロナウイルスの影響を憂える中、人々をつなぎたかったと答えた。また、陰鬱な〝新型コロナウイルスブルー〟を吹き飛ばすため、よりグローバルで包括的なレースを開催したいとの抱負を語った。

それから間もない二四時間外出禁止令の最中の四月一〇日、ドバイで世界初の政府公認の在宅フルマラソン大会が開催された。ここにはアラブ首長国連邦を中心に七四九人のランナーが参加。各自、共通のランニング用スマートフォンアプリを使って走行距離を記録し、タイムを競いあった。その結果、一五五人が完走を果たした。

ウクライナ

「隔離のルールは非常に単純ですが、それに従うことは一種の芸術です。
『#ArtOfQuarantine』は、この言葉を広めてコロナウイルスのパンデミックと戦うことを目的としています」

ルーマ（Looma）社のインスタグラム（2020年4月12日）

世界的名画をパロった感染予防対策

ウクライナ文化情報政策省が協賛し、広告会社ルーマが制作した「隔離の芸術（Art of Quarantine)」は、世界的な名画を使った新型コロナウイルスの感染対策法を簡単に提示している。

九枚の名画をパロディー風に手を加えた広告は、瞬時に人の心を引きつける強いインパクト、クスリと笑えるユーモア、またウイルスから身を護るための重要なメッセージを備えている。

この中でもっとも多くのメディアが取り上げたのが、かのレオナルド・ダ・ヴィンチの『最後の晩餐』（一四九五—九八年）だった。ユダの裏切りで磔《はりつけ》の刑が待つイエス・キリストが中央に座し、細長いテーブルの両脇に並んだ一二人の使徒が、ワイン（キリストの血）とパン（キリストの体）を食する、あの壁画だ。

かたや広告会社のルーマが制作した『最後の晩餐』は、マスクをつけたキリストがひとりぽつねんと食事をとっている。この絵のタイトルである「ソーシャル・ディスタンス」の文字が、大きく目に飛びこんでくる。

パンデミック下の日本でも、会話しないで黙って食べる「黙食」が話題となったが、この『最後の晩餐』は「黙食」せざるをえない「孤食」が最も効果的な感染予防法だと示唆しているように受けとれる。

次は、体をのけぞらせていななく白馬にまたがって遠征軍を指揮する、ナポレオンを描いた『サン＝ベルナール峠を越えるボナパルト（ジャック・ルイ・ダビッド作／一八〇一年）』。オリジナルは右手を高くかざし、「前進！」と声を発するような勇壮な姿だが、この絵のナポレオンは青いマスクをつけて、「ＦＯＯＤ！（食品）」の文字が入った四角い黄色のデリバリーバッグを背負っている。タイトルは、ずばり「デリバリーを使おう」だ。

また、彫刻『ダビデ像』で名高いミケランジェロの作品からは、ヴァチカンの「システィーナ礼拝堂の天井画」の一部の『アダムの創造』（一五一一年頃）が選ばれた。右肘をついて大地に横たわり、左手を差し出す裸体のアダムに、空から舞い降りた白髪・白髭の神が手を差しのべ、生命を吹きこむ旧約聖書の『創世記』をモチーフにしたフラスコ画だ。

これがウクライナ版では、アルコール消毒液をもつ神が、アダムの差し出す手に消毒スプレーを吹きかける絵になっている。タイトルは「ハンド消毒剤を使おう」だ。

そしてレオナルド・ダ・ヴィンチの『白貂《シロテン》を抱く貴婦人（一四八九―九〇年頃）』も、対象作品になっている。もともとの凛《りん》とした女性が白い貂を抱く魅惑的な絵は、白貂の代わりにパスタ、米、豆の袋を抱えるマスク着用の女性に変身している。

タイトルは「物資を調達」。ステイホームが多いコロナ禍では、食糧や生活必需品を確保し、買い物に出かける頻度《ひんど》も減らして、感染の危険性を最小限に抑えようとの呼びかけだ。

さらに、フレデリック・レイトンがギリシャ神話を題材に描いた『オルフェウスとエウリュディケ』（一八六四年）も興味深い。夫にすがる妻はオリジナルのままだが、必死に妻を拒絶する夫のオルフェウスは、白いマスクと青い手袋をしている。「距離を保ちましょう！」がこの絵のタイトルで、二メートルのソーシャル・ディスタンスを保つことを推奨している。

ほかに、山高帽をかぶりグレーのコートを着た紳士の絵もある。このルネ・マグリットの『人の子』（一九六四年）は、自身の肖像画とも言われる。原作は、顔全体を覆い隠すように青リンゴが描かれているが、改作の絵はリンゴの代わりに楕円形の水色のマスクが顔を覆っている。タイトルは、ストレートに「マスクをしよう」だ。

これ以外にも、次のような作品がある。

ラファエロの『赤い服を着た若い男の肖像』（一五〇五年）。肖像画の若い男が水道で手を洗う絵で、タイトルはそのまま「手を洗おう」。

ベンジャミン・ウエストの『女神ヘーベーに扮するウォレル夫人』（一七七五－一七七八年）。マスクと手袋を着用した夫人がクレジットカードを手にする絵は、紙幣がウイルスの感染媒体のひとつであることを周知。タイトルは「カードで支払おう」。

最後はジョバンニ・バティスタ・サルヴィの『祈る聖母』（一六四〇－一五〇）。両手を重ねて祈りを捧げる聖母は、青いビニール製の手袋をはめている。タイトルは「手袋を使おう」。

人類が直面する危機的状況のなか、中世・ルネッサンス期以降の偉大な芸術家と現代のアーティストのコラボは、ユーモアを交えながら新型コロナウイルスの感染を防ぐための賢明な護身術を教えてくれる。

ロシア

「スプートニクVの開発者であるドクター・ギンズブルグが、42日間の禁酒という誤った報道についてコメントさせていただきます。私たちは完全に禁酒すべきだとは言っていません。適度な飲酒は許可されます。すべてのワクチン摂取後、3日間はアルコールを控えることをお勧めします」

ギンズブルグ博士のツイッター（2020年12月9日）

ロシア製ワクチン「スプートニクV」は二カ月の禁酒が必要?!

こんなジョークがある。
国連で「コロナ禍の今、何が必要か」というテーマで討議が交わされた。
「勇気だ!」アメリカ代表が言った。
「規則だ!」ドイツ代表が言った。
「愛だ!」フランス代表が言った。
「技術だ!」日本代表が言った。
最後にロシア代表が言った。「ウォッカだ!」
みんなが怪訝《けげん》に思って尋ねた。
「ウォッカでウイルスが抑制できるのですか?」
ロシア代表が答えた。
「ウイルスは抑制できません。しかし、不安を抑制することはできます」

二〇二〇年一二月二日、ロシアのプーチン大統領がワクチンのスプートニクVの大規模接種を開始するよう、コロナ対策担当のゴリコワ副首相に命じた。

スプートニクVを開発したロシア国立ガマレヤ研究所では、感染を防ぐ有効性はファイザーやビオテックをしのぐ九二パーセントと公表。プーチン大統領は「ヨーロッパの専門家が、スプートニクVはカラシニコフ（旧ソ連製の自動小銃）のように信頼できると言ったが、まったく正しい」と称賛した。だが、米『サイエンス』誌に掲載された記事では、検証例が少なく説得力に欠けるとの批判もある。

プーチン大統領の命《めい》を受けて、ゴリコワ副首相は記者会見で、ワクチン接種後四二日間は飲酒をひかえるよう国民に求めた。というのは、スプートニクVは二一日間あけて二回接種する必要があるからだ。これには抗体ができる時間を考慮し、飲酒を控えて効果を高める狙いがある。

しかし、それからまもなく保健省の高官が接種前の二週間も禁酒すべきだと発言したことで、合計二カ月近くも禁酒しなくてはならないのかと、国民から強い反発を招いた。

ロシア人にとってウォッカは、現代日本人の酒の比ではない。そのため国民の暴動を怖れた政府は、「一杯なら問題ない」などと国民をなだめるのにやっきになった。だが、SNSには「科学的根拠に欠ける」「飲まない方が病気になりそう」「それなら接種できない」など批判的な投稿が飛び交った。

しかし、実際にはウォッカの飲み過ぎでロシア男性の二五パーセントが五五歳未満で亡くなっているという調査がある（医学誌『ランセット』二〇一四年）。

またウォッカについて言えば、四半世紀も強権政治を続ける隣国ベラルーシ（旧ソ連）のルシェンコ大統領は、「新型コロナウイルスにはウォッカが効く」と発言し、WHO（世界保健機関）の勧告にも耳を傾けようとしなかった。

ところが七月二八日、大統領は自身がコロナウイルスに感染したことを明かした。そのとき大統領は、「我が国では九七パーセントの国民が無症状の感染を経験している」「私もその仲間になれた」などと語っている。

中国　日本

「中国語検定HSKの日本事務局から湖北省(Hubei)への支援物資は、マスク2万枚と赤外線体温計。『山川異域、風月同天』と書かれたラベルに感動」

「扎宝」さんが微博（ウェイボー・Weibo）に投稿（2020年1月31日）

日中が漢詩を交換しあって互いにマスクを寄付

中国語検定「ＨＳＫ」の日本事務局であり、国際交流を進める日本青少年育成協会が、湖北省の大学へ「山川異域　風月同天」（場所は違っても、風月の営みは同じ空の下でつながっている）という漢詩の一節を添えて支援物資を送った。

このことを知ったある中国人ユーザーが、九億人のアカウントをもつ〝中国版ツイッター〟「微博（Weibo／ウェイボー）」に投稿したところ、翌日三〇万件の「いいね」と七〇〇〇件を超えるコメントが寄せられた。その中には、「感動して涙が止まらない」などといった、日本からの援助に感謝する投稿が相次いだ。

中国人の心を打った八文字の漢詩の出典は、高僧・鑑真和上《がんじんわじょう》の伝記『唐大和上東征伝』にさかのぼる。これによると、今から一三〇〇年ほど前に天武天皇の孫の長屋王が、「山川異域 風月同天 寄諸仏子 共結来縁」と刺しゅうした一〇〇〇着の袈裟を唐の高僧に贈ったことに感動した鑑真和上が、日本行きを決意したとされる。のちに鑑真は日本に渡って東大寺大仏殿に小乗教の戒壇を建て、律宗《りっしゅう》の開祖となっている。

このようなコロナ禍の心温まる日中間のエピソードは、ほかの都市へと波及した。そのうちのいくつかを紹介したい。

・大分市と中国湖北省武漢市

二〇二〇年一月末、大分市では中国湖北省武漢市に支援物資を緊急輸送した。両市は基幹産業が共に鉄鋼業であることから、友好都市として四〇年来の友情を育んできた。

当時、中国当局では武漢市の新型コロナウイルスの感染者は約五万人と公表していたが、中国疾病予防コントロールセンター（ＣＣＤＤ）の調査では、感染者はその一〇倍の五〇万人にのぼると推計された。

友好都市の安否を気遣う大分市では、防災倉庫に保管していた備蓄用の三万枚のマスクと、追加で六〇〇着の防護服と四〇〇個のゴーグルを政府チャーター機で緊急搬送した。そのときマスクが入った段ボール箱に、「武漢加油」（武漢頑張れ）という短い中国語のメッセージを貼りつけた。

翌日、中国共産党機関紙の『人民日報』が、大分市が財政的に余裕のない中、支援してくれたと報じたところ、このニュースを知った人々が微博（ウェイボー）に「大変な中、こんなにたくさん寄付してくれてありがとう」「大分に行ってお礼を言いたい」「中国語の『加油』に心がこもっている」などと投稿。あっという間に閲覧数は三億七〇〇〇万回を超えた。

それから三カ月ほどたって武漢の感染状況が沈静化した四月下旬、今度は武漢から返礼としてマスク五万枚と医療用Ｎ95マスク三〇〇〇枚が大分市に寄付された。マスクが入った段ボール箱には、「大分加油！（大分頑張れ！）」「青山一道　同担風雨」という漢詩が添えられていた。

これは唐代の詩人、王昌齢の『送柴侍御』の一部を引用したもので、「青山も雲雨も共に見る友よ、いっしょに困難を乗り越えよう」という、友を勇気づける思いがこめられていた。

・**福岡県北九州市と遼寧省大連**

また、福岡県北九州市が遼寧省大連に「大連加油！（大連頑張れ！）」と書いて送った二六〇枚のマスクと防護服七〇セットに対して、大連市は御礼に夏目漱石の俳句をしたためて二〇万枚のマスクを届けた。

漱石の「春雨や身をすり寄せて一つ傘」（ひとつの傘で身を寄せ合って春雨を乗りきろう）という俳句は、親友の正岡子規が詠んだ「人に貸して我に傘なし春の雨」の返句だと言われている。中国にマスクを寄付した後、逆にマスク不足が深刻化した日本の状況を憂える心を漱石の俳句で表現したものだ。

・**愛知県豊川市と江蘇省無錫市**

このほか愛知県豊川市が江蘇省無錫《むしゃく》市に送った四五〇〇枚のマスクと防護服＆ゴーグル五〇〇セットに対しては、無錫市からマスク五万枚の返礼があった。同様に、静岡県小山町から浙江省海寧市に寄付した六〇〇〇枚のマスクには、二万一六〇〇枚のマスクが返礼として届けられた。

ここには「滴水之恩　当涌泉相報」（たとえ一滴の水のような恩でも、湧き出る泉のような大きさでこれに報いるべし）という中国に古くから伝わる格言の心が生きている。困ったときに助けてもらった恩は決して忘れず、受けた恩にはそれ以上の恩で報いるべきだとの教訓だ。

「モンティ君（8歳）が、今年、サンタクロースはプレゼントを届けることができるかどうか手紙で尋ねてきました。
私はこれについて同じような手紙をたくさんもらっていたので、専門家と話をしました。その結果、サンタクロースは今年のクリスマスに、プレゼントをソリにのせて届けることができると保証します!」

ボリス・ジョンソン英国首相のフェイスブック（2020年11月25日）

コロナ禍にサンタはやって来るか？　英国首相・WHOの公式見解

モンティ少年がイギリスのジョンソン首相に次のような手紙を書いた。

「親愛なるミスター・ジョンソン、僕は八歳で、あなたと政府が今年のクリスマスにサンタクロースがやって来ると考えているかどうかを気にかけています」

「もしクッキーのそばにハンドサニタイザー（手指の消毒液）を置いておいたら、サンタクロースは来ますか？　それともサンタは手を洗って来ますか？　僕はあなたが忙しいことは知っていますが、どうかこのことについてあなたと科学者で話し合ってください」

この手紙にジョンソン首相は自身のツイッターでこう返事した。

「北極に電話しました。サンタクロースは、ルドルフやほかのトナカイ全員と支度しながら、今か今かと出発を心待ちにしているそうです」

また、いつものように素早く安全に配達すれば、モンティ君の健康にもサンタクロースの健康にも問題がないことを、政府の最高医務責任者からモンティ君に伝えてほしいと頼まれたと記した。

　そして首相は、サンタクロースのおやつのそばに消毒液を置いておくというアイディアを誉めたうえで、もしモンティ君がいつも消毒液で手をきれいにしていれば、サンタからプレゼントがもらえる〝よい子リスト〟に彼の名前がのるだろうとしたためた。


　これに先立つ二〇二〇年一二月一四日、ＷＨＯ（世界保健機関）の定例記者会見で、ある記者がクリスマスの開催について質問した。

　三月一一日にＷＨＯがパンデミックを宣言して以来、ＷＨＯは新型コロナウイルスの感染対策の中心的な役割を果たし、ここから発する公式情報やガイドラインが、全世界の人々の生活を大きく左右してきた。

　この質問に対し新型コロナウイルス担当技術責任者で、ふたりの息子の母でもあるマリア・バンケルコフさんが回答した。サンタクロースとチャットで少し話をしたところ、彼も夫人もとても元気そうにしていたと、ウィットに富んだ言葉で場内の雰囲気を和《やわ》らげた。

また、サンタクロースは高齢なので心配する気持ちはよくわかると前置きしながらも、彼は新型コロナウイルスに対する免疫をもっているので大丈夫だと請け合った。

しかも、世界のたくさんの国々がサンタクロースと空飛ぶトナカイのために渡航制限を緩和してくれたお陰で自由に世界中を旅し、プレゼントを届けられるということだ。

そして、このように子どもたちを安心させる一方で、サンタクロースとの距離を空けることや、自分たちの間でもソーシャル・ディスタンスを保つ必要があることを忘れずにつけ加えたのだった。

カナダ

「私はカナダ連邦政府に勤務しています。仕事場から在宅勤務の基本原則が送られてきました。このように言ってくれる場所で働けることは、本当に素晴らしいことです」

マーク・リチャードソンさんのツイッター（2020年5月12日）

カナダ政府によるヒューマンな在宅勤務の基本原則

こう前置きして、そのまま掲載しているカナダ政府の在宅勤務の原則六カ条とは次のようなものだ。

新型コロナウイルス禍のリモートワークの原則

一、あなたは「自宅から仕事をしているのではありません」。あなたは「コロナ禍の危機の最中に仕事をしようとして自宅にいるのです」

二、現状では、あなたの肉体・精神・感情における健康こそがほかのなによりもずっと大切なのです。

三、失われた生産性を埋め合わそうと、長時間労働すべきではありません。

四、他人がどのように働いているかをもとに自分がどう仕事するかを判断することなく、自分自身にやさしくしてください。

五、あなたがどのように働いているかをもとに、他人がどう仕事しているかを判断することなく、他人にやさしくしてください。

六、あなたの部署の功績は、(コロナ以前の)平時と同じ方法で計れません。

カナダ政府は生産性を慮《おもんぱか》ることなく、あくまでもコロナ禍に生きる国民への慈愛に満ちている。こんなやさしさいっぱいのヒューマンな国で暮らせる国民がうらやましいというツイートがたくさん届いた。

column

オランダ政府がコロナボーナスを支給

オランダ人は経済観念がしっかりしている。英語で「割り勘」を「ダッチ・アカウント《オランダ人のお会計》」と言うのは、オランダ人は大勢でレストランで食事した場合でも、目上の者が目下の者におごる習慣がないからだ。ほかに「ダッチ・ランチ」は自費の昼食、あるいは冷えた薄切り肉とチーズの質素な料理。「ダッチ・オークション」は、せり下げ競売を意味する。簡単に言うと、ヨーロッパではオランダ人はケチだと思われている。

反面、オランダは世界でもっとも寛容で人にやさしい国だ。たとえば大麻の使用・所持については、合法ではないが国が条件つきで許容。世界で最初に同性婚を認めたＬＧＢＴＱ先進国でもある。

そんなオランダでは、コロナ禍の在宅勤務の公務員に三六三ユーロ（約四万五〇〇〇円）の〝コロナボーナス〟が支給された。これはオランダの家計研究機関NIBUD（政府系機関）の提言を受け入れたものだ。

NIBUDの試算では、在宅勤務者は自宅で仕事をすることで年間平均で五〇〇ユーロ（約六万三〇〇〇円）の個人支出を負担させられているという。

このほかNIBUDでは、在宅勤務者一日あたりに平均二・四ユーロ（約三〇〇円）の補助を打ち出した。さすがオランダだけのことはあり、ここにはコーヒーまたは紅茶七〇セント（六杯）、トイレットペーパー二・五セント、ガス&電気一・二ユーロ、さらに机や椅子の減価償却費まで計算されているというから驚かされる。

なお、オランダでは二〇一六年に「在宅勤務権」が法制化され、世界に先駆けて被雇用者に自宅を含む好きな場所で働くことを要求する権利が認められ、雇用主はそれを受け入れる努力義務が課された。すでにフィンランドでも同様の法律が施行され、ドイツやイギリスでも検討されている。

コロナの
世界を
照らす
50のやさしい物語

装画・挿絵　朝野ペコ
デザイン　鈴木大輔（ソウルデザイン）

2021年9月24日　第1刷発行

著者　片野 優　須貝典子
発行人　蓮見清一
発行所　株式会社宝島社
〒102-8388　東京都千代田区一番町25番地
営業 03-3234-4621
編集 03-3239-0599
https://tkj.jp
印刷・製本　サンケイ総合印刷株式会社

ISBN978-4-299-01999-8